开心果

开心果

〔日〕梨木香步 著
秦衍 译

人民文学出版社
PEOPLE'S LITERATURE PUBLISHING HOUSE

著作权合同登记号　图字 01-2020-4889

图书在版编目(CIP)数据

开心果/(日)梨木香步著;秦衍译.—北京:
人民文学出版社,2021
(梨木香步作品系列)
ISBN 978-7-02-015978-9

Ⅰ.①开…　Ⅱ.①梨…②秦…　Ⅲ.①长篇小说-日
本-现代　Ⅳ.①I313.45

中国版本图书馆 CIP 数据核字(2019)第 296934 号

责任编辑　**卜艳冰　郁梦非**
封面设计　**钱　珺**

出版发行　**人民文学出版社**
社　　址　**北京市朝内大街 166 号**
邮　　编　**100705**
网　　址　**www.rw-cn.com**

印　　刷　**山东德州新华印务有限责任公司**
经　　销　**全国新华书店等**

字　　数　**142 千字**
开　　本　**850×1168 毫米　1/32**
印　　张　**9**
插　　页　**2**
版　　次　**2021 年 1 月北京第 1 版**
印　　次　**2021 年 1 月第 1 次印刷**

书　　号　**978-7-02-015978-9**
定　　价　**50.00 元**

一

棚（日语发音为tana，意为架子）——是翠她自己取的笔名。在咖啡馆与编辑商谈工作的时候，凑巧，墙上装饰着透纳的画作复制品。聊着稿件的同时，那幅画不时地跃入眼帘。翠朦朦胧胧地思索着：那位画家一贯擅长忠实地描绘模糊不清的事物。想着想着，如同回忆起昔日旧友的特征一般，他的画风渐渐在脑海里鲜明起来了。对了，以前在公司工作时，也曾特意休假去参观收藏了不少透纳作品的美术馆。想起来了，他擅长描绘空气与气象，对了，还完全不画“绿色”。这个画家的一生中，从早年到晚年，画风也发生了变化。嗯……他在创作这类绘画时是……当时这对于自己是一个常识性的简单问题，竟被如此轻而易举地忘却了。不，并没有忘记，而是被安放在自己头脑中的某个架子上，最近一直未被记忆的探照灯照亮而已。在被遗忘的某个角落。在被自己遗忘的某个角落。一个架子上。

“这篇稿子下期刊登出来，署名用你的真名吗?”编辑忽然问道。翠猝不及防，不由得顺口说道：“不，那么，请用‘tana’这个名字。”“‘tana’? 用片假名吗?”“不，汉字的‘棚’。”翠不由得脱口而出，连自己也感到意外。“棚?”编辑略显困惑：“这样读者会知道这是个名字吗? 至少加一个姓氏什么的，怎么样?”“嗯，是啊，我再考虑一下。”翠让步道，但最终还是固执己见，选择了“棚”这个笔名。因为回家后，她在头脑中再三思忖“棚”这个名字，没有感到丝毫不妥。虽然是随意想到、脱口而出的名字，但在说出口的那个瞬间，她立即喜欢上了那种充满现实感的音韵。翌日，她打电话告知编辑。此后，工作方面的熟人大抵都称她为“棚”。到如今，她已经更适应于被称为“棚”了。而“山本翠”这个名字，从出生至今，总令人有一种黏黏糊糊、纠缠不清的感觉。而每次被人叫“棚”，总感觉在面对一个空荡荡的架子，产生一种小小的快意。

在杂志上，棚的职业被署为“撰稿人”。以前在出版社工作时，她一直无法制作自己理想的书籍，最后，还被迫参与制作自己毫无兴趣的书籍，这令她深感压力，最终辞职了。

此后，她去了非洲，在肯尼亚的内罗毕待了数月。

如今想来，这也是一个很冲动的举动（跟取笔名一样）。现在想想，是由于当时在性格不合的公司工作而感到抑郁低落，因此想解放一下自我吧。一旦动了念头想去非洲，马上想起一位男性朋友曾做过非洲艺术品的收购工作。跟他取得联系，准备一番后，就飞往了非洲。“非洲”这个词在棚的内心如同符号一般产生反应，身心都在寻求庇护之地，向往着非洲。

现实中的“非洲”跟符号化的“非洲”截然不同。然而，虽是鲁莽轻率的决定，却以一种出乎意料的方式，最终满足了自己的需求。这也是她后来才发现的。在非洲，她在前同事的委托下，去采访体育选手、新式餐厅和酒店，写成稿件寄给日本的杂志，以此度日。在日常生活上，那位男性朋友不时地给棚提供帮助，不久，却查出了艾滋病。不清楚是如何被传染的。他也不明说，不过，支付了高额（对于当时的肯尼亚人来说）的医疗费，也入手了新药，暂且没有生命危险。在朋友病情稳定后，棚接到了父亲去世的消息，于是回到了日本。就此再次开始在日本生活，直至今日。对外的理由是，母亲无人照顾。其实，这一点对于母亲和棚都不重要。

棚决定回国，是因为之前临时回国参加父亲的葬礼时，她出乎意料地感到，自己的肌肤在日本的空气中尽情地呼吸着。如同在沙漠中长途跋涉、抵达绿洲的旅人一般。棚以前喜欢肯尼亚干燥的空气，认为潮湿的日本不适合自己。也许在内心深处，一直有些勉为其难。可能是潜意识中认识到了这一点，在离开肯尼亚前，她尽量进行了清理，即便就此一去不返也无妨。

回日本后，她也继续着写作的工作。不久，她得到机会，可以发表署名的稿件，因此需要一个笔名。不觉之间，她已经快四十岁了。虽然没有结婚，但有一个定期见面的伴侣，他们也已经交往了很久。虽然没有孩子，但回日本以后一直养狗，养了很久。不知不觉，狗也十一岁了。换言之，回日本以后十一年的时光已经流逝了。黄卡（疫苗接种证）也早已过期。非洲渐行渐远。

棚的父亲去世之前，正在施工拆除自家的房子，建成三层的公寓。公寓设计为自己住一楼，二楼和三楼供出租用。二楼住两户，三楼住四户，三楼是为单身者设计的。棚回国后，理所当然地住进了正巧空着的靠公园一侧的二楼房间。因为出国前，自家房子还在的时候，二楼的那一带是棚的房间。

“理所当然”的意思是“毫不犹豫”。如今想来，时而觉得奇怪。的确，这样住在家里更经济实惠。但更重要的是，有一种强烈的磁力般的力量在作用着。也许是对窗外景色的执着留恋，或者是从幼年时代开始，那片景色便与棚融为一体了。总之，母亲对于棚占据那个空房间并无异议。一楼也有足够的房间供棚寄生，但或许母亲也享受独自生活的轻松和乐趣，所以并不强迫棚住到楼下来。

即便如此，女儿住在二楼这个事实，似乎能给予母亲安全感，即使数周也见不到一面。棚是偶尔一次打开阳台的窗户怔怔发呆时，听到母亲在楼下同样开着窗户跟友人打电话，才知道的。

棚刚从肯尼亚回来时，眷恋那种野生的感觉，正巧朋友家刚出生了几只小狗，于是她要来了一只。她并没有在小狗一出生时就拿回来。朋友告诉她需要让它喝母乳，增强免疫力，才可以在世上存活下去，因此必须由狗妈妈养育一段时间。好像一般需要五十天。适应这个世间，需要五十天的时间。在这之前，也不允许外出。据说死者的灵魂需要四十九天才会去另一个世界，虽然多多少少有一些误差，但也许是同样数量的东西聚集或分离吧。棚这么想着。她刚刚结束了父亲四十九天法事。

棚听说小狗出生了，于是前去探望，只见如同双目紧闭的鼹鼠一般可怜可爱、温暖潮湿的小东西们排列在浴巾上。

肯尼亚是一个干燥的地方，唯一给人湿润印象的是这样的幼体，无论是人还是动物。小苍蝇喜欢停留在婴儿身上，那是为了吸取水分。尤其常常聚集在眼部。婴儿还不习惯这个世界的动态，不容易赶走苍蝇。出于同样的理由，小苍蝇也往往叮附在病人身上。

雨季和旱季，不同的风带来了遥远的热带大草原的空气。

棚早晨起床后沏了红茶，一边听着卫星电视播放的新闻，一边浏览报纸。然后，为了在脑海里描绘最新的天气图，她打开了广播。今天来势汹汹的低气压将横扫本州。同时，强大的高气压盘踞在大陆。寒潮将要经过。难怪今天一早开始就觉得头疼。这种头疼，如果不马上吃药的话，会使病情加重，导致数日卧床不起，“发展”到全身。在目前的阶段，马上吃药的话，还可以依靠药效防患于未然。棚从抽屉里拿出头疼药，安慰一下想快点出门散步、一直使着眼色的火星：“再等一下。”

在寒潮前锋通过时，棚不光感到头疼，有时脑子异样地清醒，可以一气呵成地写出好几页稿子。有时，似乎身体代谢功能严重减退，棚卧床昏睡数日，几乎不吃不喝，体重却不见减少，如同死人一般。反正总归没有好结果，但棚却喜欢寒潮的来到。因为小时候便对气象的变化颇有兴趣，而且在肯尼亚广阔的天空下生活过，自己的身体在大气状态的影响下产生直接的反应，实在是切身的感受，令她兴致勃勃。

那时，她终于明白，在风中流淌的云彩，如同在地面所有的事物上留下影子、飘动而逝一般，在自己身上也留下了印记。而且，下一片飘来的云彩也是如此。一想到小草、土地和自己，万物一切都“平等”地发生了微妙的温度变化与风的变化，她不由得心醉神迷，真想就此融为一体。此时她忽然领悟到自己是其中的一个部分。自己并不是一个整体，而是整体中的一部分。既然是一个部分，那么在整体的平衡与和谐中生活就行了。

何种气压会对自己的身体产生何种变化？作为一个部分，自己是想融入什么样的整体呢？自己会不会被当成异类排斥？对于棚来说，天气预报是自己最关心的新闻。因此，听了广播后，要再看电视画面确认一下。

仍可以看到蓝天。棚一边带着火星在公园散步，一边不时地关注天空的情况。棚最近强烈地希望，能够明确地了解何种寒潮前锋带领着何种强度的低气压经过，自己的身体又会产生何种反应，了解因果关系的各种类型，但无奈手头的信息实在少得可怜。她觉得在清楚地预测自己身体的变化前，不应该担心身体恶化，不应该被恐惧压倒而马上吃药。可是，原本希望冲破世间各种无形的风浪阻碍，将自己的生活顺利驶上轨道，结果却违背初衷，病倒卧床，不能工作，给生活造成影响的话，可就得不偿失了。这让棚感到左右为难。

在这座公园里，一片池塘位于中央，周围环绕着树林。树木多为橡树、朴树和榉树。这就是武藏野的树林。棚的公寓对面有一个公园入口——在公园的多个入口中，这个是最不起眼的——从这里穿越树林，便来到池塘的水湾处。池塘周围大多安装了栏杆，防止游人跌落。但是这一带可以说是浪花拍岸的河滩一般的地方（“这个池塘规模太小，不足以受到月球引力而产生波浪，或者，不！细细想来不可能不受月球引力的影响。”棚转念一想），因此不仅没有安装栏杆，游累的野鸭甚至在此上岸，稍作休憩。

这个时期的野鸭大多数是晚秋时迁徙来的针尾鸭，其间也混杂着凤头潜鸭和池塘的长期居民斑嘴鸭，他们并不罕见。时而也能看到红头潜鸭、琶嘴鸭与鸳鸯。翠鸟则更常见。棚在火星的狗包里一直放着一副小小的望远镜。火星看到野鸭从眼前走过，并不激动。它是水猎犬，棚本以为它会兴奋，谁知它只是初次散步时略显兴奋，在棚严厉地训斥之后，就毫无反应了。它倒是对猫更感兴趣，凑到旁边，试图嗅嗅味道，结果总是被猫抓伤鼻子。

火星是一条母犬，也许以后会生狗宝宝，因此一直没有做绝育手术，成长到了这个岁数。它也曾被提过几次亲，但棚拒绝了。并不是要干涉它的婚恋，而是一旦有公狗来求爱，火星就凶相毕露，咆哮着击退对方。它似乎只对人感兴趣。显而易见，它对狗毫无兴趣，对狗主人却摇尾讨好。它喜欢的是身材魁梧的中老年男性。这种“类型”的男性从对面走过来的话，棚可以明显看出，它心神不宁，似乎在想：“他会不会理睬我呢?”也许身材魁梧的男人具有领袖的风范，令人着迷。棚并没有那样的喜好，但因为火星的缘故，每当有那样的男性迎面而来，都会不由自主地格外注意，低声提醒：“啊，看呀看呀。”

不觉一晃十一年过去了。火星不可能再生狗宝宝了。别说生宝宝，看着火星没有经历过一次交配却渐渐老去，棚不由得感到自责。棚的对象钟二每次来访都为此感到可怜，责怪棚，棚总是反诘道："这是无法改变的命运。"好像"没有对象"就是理所当然的不幸，她对钟二的想法感到不快。棚相信：火星也在生命中感到了多种"幸福"。"老姑娘奶奶!"有时母亲这样称呼火星，令棚感到恼火。她会正色怒道："别这么说!"她感到心痛。虽然明白：这是火星的"人"生，不需要任何人同情。可如果自己不是火星的主人，她也许会拥有不同的生活。如同自己的生活受着寒潮前锋的移动和气压变化的影响一般，同居一室的火星是一颗"行星"，一直受到棚这颗"恒星"的影响吧。

围绕池塘，散步不到一个小时。回家后，棚整理一下遛狗时用的东西，开始工作。

过午时分，棚蓦然觉察到有些异样，向窗外望去，立即被那副不同寻常的光景吸引，看得目不转睛。所有风景的轮廓都是模模糊糊的，如同笼罩着浅红色的暮霭。好似旱季的非洲。仿佛被棚抛在身后的过去，穿越千山万水，终于找到了她。

伴随寒潮前锋而来的低气压为980百帕。而从日本海对岸的大陆渐渐逼近的高气压为1042百帕。这样的气压差距会造成难以想象的后果吧。棚感到恐惧，又难以抑制住好奇心，略带紧张，从清晨开始准备迎接寒潮的到来。然而，看到非同寻常的天空颜色，棚的心情远远超越了好奇，那是一种强烈的喜悦。

远方轰然作响，刹那之间已然接近。伴着巨响，周围的一切都被吞噬了，公园的树木在狂风肆虐下发出了悲鸣。随后，巨响声不断。

终于来了。

棚为了体验一下风力的强劲，推开法式落地窗，走出阳台。一瞬间，一边的窗户被狂风猛烈地扇在外墙上。她慌忙中试图关上窗户，强劲的风力令她一时无法关上。头发缠绕在脸上，强风令她无法呼吸。那种奇怪的温热的风，令人感到亚热带的湿度。现在吹向自己的，是在遥远的亚热带海面上生成的空气吧。棚闭上双眼，手心向上，试图抓住它。当然，这只是一瞬间的表演，她马上逃回房间，从内侧猛力关上窗户。刹那间，世界安静下来。棚的脑海里浮现出了一个词：狼狈逃窜。

火星在数米远处站起身来，看着棚，表情似乎在问：“怎么了？”

“外面的风好厉害。想看吗?”

棚再次把窗户打开一条缝，问火星。外界的光亮从窗户缝里倾泻进来，火星走过来，对着缝隙处抬起鼻尖，嗅着空气的气息。火星如同读书一般嗅着气味。也许空气中混杂着未知地方的气息吧。它一定像棚读书一般，试图汲取各种信息吧。出于这样的考虑，棚平时都让它尽情地嗅个痛快，但是隐隐觉得今天的风里混杂着不同往日的东西，令人不安。风中带着刚刚发芽的柔嫩树叶的小树枝、即将绽放的冬日新芽、惹人怜惜的尚未完全舒展的红色小叶子，等等。

“好，到此为止吧。”

棚说着，关上了窗户。火星垂眼，似乎在沉思着。不久，它坐下来，把鼻子搁在距离地板十厘米左右的窗框上。

傍晚去散步时，南风已经被北风取代了。与数小时前截然不同，寒冷得令人不由得缩头缩脑。寒潮前锋在来自西伯利亚的强大高气压的推动下已经远去了。干冷北风毫不留情地呼啸，一定来自山脉背面、依旧冻结着的俄罗斯的辽阔大地吧。

今天过得可真是无语。棚在狂风下不由得紧闭双眼，一边想着。今后每天都会被来自地球各地的风捉弄吧，一定会渐渐进入这样的时代吧。

池塘的水面波浪起伏。停泊在池塘一角的一排小船剧烈地浮动，这是平常看不到的光景。野鸭们依偎在角落。之前南风吹拂之时，考虑迁徙去北方的野鸭们，现在又改变主意了吧。也许有几只已经启程了，现在在茨城附近的沼泽地避难，观察情况吧。

可是火星怎么回事？棚把视线从池塘收回，转移到坐在地上的火星身上，心里觉得疑惑。以前一次散步只小便两三次，今天已经十多次了。大约走五十米就要蹲下一次。而且有点便秘。的确，最近它常常蹲下小便，虽然没有今天这么频繁。一次的尿量少得可怜。棚一直没有加以深思，想着："也许发生了什么事，让火星觉得需要留下印记吧。"现在她觉得要慎重对待了："现在是早春时节，也许需要进行各种调整。再看看情况吧。"

傍晚，一如往常，钟二打来了电话。

"今年第一场春风刮得好厉害啊。"

"你那边也是吗？每年都这样吗？嗯，感觉你每年都这么说啊。"

"不，今年的风真的厉害啊。往年只是觉得风很大，这才意识到原来是第一场春风啊，仅此而已。”

全球变暖导致的异常气象在各地引起怪象。这次也不例外吧。如今，大家已对此司空见惯，没有必要特意提及了，即便提到，也只是令人感到焦躁不安，随后无能为力的受挫感再给伤口撒一把盐。棚已经在力所能及的范围内做出了阻止全球变暖的努力，另一方面，在她的内心深处（估计钟二隐隐觉察到了，但特意不提起），对能够见证这样的末世光景感到无比痛快。

“天空的颜色真惊人。好久没下雨了，干燥的尘土飞扬起来了吧。刚开始我还以为是沙尘暴呢，但颜色不一样。”

“三点左右时寒潮前锋通过了，随后气温马上下降了十度。不过，这之前气温异常升高，据说有十八度。”

钟二似乎在一边看晚报，一边说话。

“在三月的这个时节——啊，火星，不可以。”

火星似乎忍不住在自己的狗窝附近小便了。以前从来没有发生过这样的事情。棚心情沉重起来。

“火星有点不对劲。”

“因为年纪大了吧。带它去医院看看。”

“对，那么我要稍微清理一下。”

在火星的狗窝周围铺着宠物用的垫子。不过，它以前在家里从来没有造成这样的问题，所以垫子并没有发挥作用。这是第一次派上用场。

火星无精打采、垂头丧气，可怜得令人不忍直视。它把下巴搁在并排的前爪上，翻着眼睛往上看一眼，又叹口气，垂下眼帘。“没事，不必在意。”棚用抹布擦拭着地面，抚摸了一下火星的脑袋。虽然它做出了排尿的姿势，但尿量很少。在外面小便了那么多次，又没有喝很多水，考虑到摄入和排出的平衡，也是理所当然吧。

简单地用完晚饭，棚一如往常地看电视上的国家地理频道。“我们再次决心要竭尽全力保护这座美丽的岛屿。”在最后的镜头里，解说员用毅然决然的口吻总结道。棚感到不适，觉得这个节目总是这样拔高使命感，却流于表面功夫。“又来了。”她这么想着。

进行偷猎、破坏环境等行为，导致动物灭绝的是人类，积极开展保护运动的也是人类。两者的共同点就是，双方都认为自己可以“随意处置”动物的生命。棚自身也由于几位朋友的关系，无奈地参加了几个“保护运动”，在无意识的内心深处似乎也的确觉得：自己可以掌控、想要掌控动物的生命。例如原始部落的居民，对于他们，与动物共同生存是生活的一部分，因此长久以来对动物怀有自然而然的“敬畏”和“亲近”。而现代人没有这种感情。他们把这种情感，或者视为未开化而轻蔑不齿，或者盲信而尊崇。他们身不由己地在这两个极端中生存着。

因此，这是无可奈何的，必须选择一个立场，或成为捕食者，或成为保护者。她劝说自己：决定置身事外、袖手旁观的人才是最傲慢的。所以，她有时对于整个事态的发展感觉厌烦。

欧洲人最初来到非洲时，一定采用了某种更深层面的、互补互利的交流方式，但最终却没有执行。

棚常常幻想一个国度，不在欧洲，也不在非洲——当然更不在亚洲，充满如此的“敬畏”与“亲近”，同时又具有某种“秩序”。这样的国度当然不可能实际存在。棚的心中开始渐渐感到一种冲动，想要在不久的将来写下这样的国度的故事。

棚的工作基本上是受客户的委托写文章，不参与创作。因此，理所当然，她不会被委托做创作的工作。她时常模模糊糊地思来想去：当然要优先完成受到委托的急单，但是，这样的冲动该如何解决呢？作家，这个职业令人感到不靠谱。虽然同为“写作者”，可是棚从来没有考虑过自己进入“创作”领域的可能性。如今不必担心交房租的问题，自己的收入也勉强确保自己衣食无忧。她丝毫不想让自己的生活和精神状态更加复杂。

“这可难办了。”

她低声喃喃道，与火星四目相对。火星慌忙垂下视线。“不是在说你哦。”棚安慰它。

可是，就在当晚，火星身上发生了一件非常棘手的事情。棚是清晨才发现的。她打开卧室门的瞬间，发现火星蹲坐在眼前的走廊上。

“火星！”

棚不由得大声叫道。火星一般待在起居室，这是宣布决定养狗的时候就跟房东（棚的母亲）约定的。也许不必刻板地遵守这个约定，可是火星作为室内犬，受过相关训练，至今为止从未离开起居室去四处转悠过。火星听到棚的叫声，一跃而起，慌慌张张地一阵小跑，返回起居室。棚注意到火星蹲坐的那片地毯颜色略微变深了。于是，她从浴室外换衣间的柜子里找出吸水的“宠物用垫子”。以前觉得也许需要用才买的，结果却没有用过。她把吸水垫紧按在地毯上，反复数次，然后用拧干的湿抹布细细擦拭，又喷洒了消毒杀菌的除臭喷雾。

这也算是在城市里和“野性”共存吧。不，都这种时候了，不可以悠悠地自嘲了。棚真正担心起来。火星究竟怎么了？它应该是在半夜产生尿意，想去尽可能靠近“外面”的地方吧。

转眼看看回到起居室的火星垂头丧气，似乎萎顿缩小了一两圈。棚以最快的速度换好衣服，带着火星出门了。

昨日肆虐的风暴恍然如梦，今天晴空万里。榉树和糙叶树即将大批地绽出新芽，阳光透过它们疙疙瘩瘩的树枝倾泻下来。常绿树山茶和橡树的树叶也反射着阳光，葱翠欲滴。然而，今天的棚却无心欣赏如此清新的晨间美景。

火星的排尿频度已经不是五十米一次，而是几米一次了。便秘还是很严重，用力用得腿直哆嗦，却排不出来，令人心痛。尿液里混杂着淡淡的血迹。很可能和一年两次的月经有关系，虽然时间有点提早了。

“啊，怎么了，火星？”

常常一起遛狗的佐藤大妈担心地询问着。她的哈巴狗凑过来，火星低声呜咽着发出恐吓，随后猛烈地吠叫，吓退了哈巴狗。这只哈巴狗习惯在火星屁股周围嗅气味，即便被火星蓬松的尾巴打到，也全然不退缩。以往，火星都会宽宏大量地无视这样“过度热情”的示好。佐藤大妈似乎震惊了：“啊呀！”

“对不起，小健。”

棚对着伤心的哈巴狗小健道歉。然后对佐藤大妈解释：“火星便秘得厉害。”佐藤大妈表示同情，告诉她很多信息：“便秘的时候吃这些也许会得到改善”。目睹火星这一连串的状况，棚下定决心：“不能再忍了。去医院吧。”

回家后，棚马上给常去的宠物医院打电话。医院要求她：马上带过来。棚用车载上火星直奔医院。

在医院等候室，火星已经不再采取排尿的姿势了，混杂血液的透明液体不停地淌下。善解人意的前台小姐拿出了吸水垫。棚一边道歉一边接过来，奋力清理。进入诊察室，女医生马上指出：火星太瘦弱了。对，棚也觉得火星最近消瘦了，以前也听说过这种狗大抵都过于肥胖，因此甚至觉得它身体轻盈，正好可以减轻天生不够强壮的腰腿的负担。

“先拍片，然后超声波检查一下腹部。也许有点贫血，所以做一个血液检查。”

兽医姓大山，是女性，比棚略年长，心思缜密。火星讨厌医院，但似乎十分喜欢大山。因此对于来医院，火星似乎内心纠结，一直表情复杂，若有所思。

“那么，走吧，火星。”

在护士助手的催促下，火星略显不悦，但马上放弃抵抗，不情不愿地走向了检查室。

棚被告知：检查结果要差不多一个小时才出来，可以去外面走走。于是她决定去附近的旧书店。宠物医院的右边第三家是棚时时会光顾的旧书店，有不少她喜欢的书籍。进入书店，她先从入口附近书架上的作品书脊开始看。与上次来时相比，并不见太多变化，但她不由得被一本书吸引住了。这是一本非洲民间传说集。作者的名字似曾相识。

二

棚再次觉得：这个名字说了一次后，会不由自主地再喃喃重复一遍。最初遇见片山海里是在内罗毕的医院。当时棚的男性朋友三原在住院，片山把日语书籍带到了他的病房，这是三原在住院前自己拜托片山的。据说两人以前在非洲的某个国家相遇相识。棚在医院跟片山初次见面。她听说他是一个社会学家，辗转在非洲各个部落，进行实地调研。

棚还清楚记得，在肤色黝黑的护士们匆忙来往的走廊一角，片山略带兴奋地劝说棚："非洲大地是无懈可击、完美无瑕的，但内罗毕这个城市就像长在那里的疮痂一般。你既然来到了非洲，一直待在内罗毕也太可惜了。"

棚当时觉得：从日本来到非洲的日本人，包括自己，几乎无一例外地困惑于应该如何表现自我。有的人变得默默无声、毫不起眼，有的人则在热力四射的非洲也变得哗众取宠、引人注目，无非这两种类型。她无法找出方法，让自己融入这个地球上最古老、最强大的大地的光辉中，感觉所有的一切都会遭到拒绝，反弹回来，自己在日本时的处事方式在此行不通。目睹与日本人外表相似的中国人、韩国人却能适应这里，她想起来，日本人与非洲人之间水和油似的无法调和的关系，应该是由于日本人对某种事物过于敏感吧。

日本人似乎下意识地介意着某种事物——如同事先与土地签署的生命的秘密契约般的事物——没有被妥善处理好，由此难以恢复原本的生活规律，或者相反，不懂得方法，却莽撞地去挑战揭开本土的秘密，结果做出在本国时绝对不会做出的出格举动……

就此和片山交谈的时候，她觉得他似乎是“哗众取宠”的类型，但是隐隐觉得有些不同，从而略感惊讶。

三人也曾在三原出院后，坐上车，穿越片山所谓的“贫瘠”的内罗毕，去探索“蓝色与金色”的非洲。

原来如此，片山海里出书了啊。

棚拿起书，随意翻阅一下，又细细看了其他书架，最后只拿着这本书去了收银台。

当时三原为了进行脚部的外科治疗而住院。当然，住院也因为他是HIV“慢性病患者”。他周围的人一致认为：虽然三原的HIV还没有发病，但考虑到今后会给免疫系统造成致命的打击，应该尽早离开潜伏着各种危机的非洲，回到日本。但是，三原听不进去。三原当时主动联系片山，也是因为片山不同于“周围的人”吧。

片山海里对于无法治愈的病是怎么想的呢？细细想来，他对这个话题没有任何触及，也是极不自然的。棚不认为他是那种心思细密到故意避开这个话题的人。

棚回到医院等候室，看到被抱在主人膝盖上略显不安的贵宾犬，从主人脚边的笼子里窥视自己、紧皱眉头的吉娃娃犬。每次四目相投，她都用微笑表示自己没有敌意，然后跟主人们交换眼神、互相致意，最后在长椅上落座。终于要把刚买的书从包里取出来，这时诊察室的门开了，叫到棚的名字。她答应后，站起身来，进入诊察室，只见室内的显示器上已经放上了拍片的片子和超声波图像。火星却不在。

“它的子宫里长了这么大的东西。”女医生大山指着照片说道，“它压迫着膀胱和肠子。这样的话，膀胱里只能储存一点点尿液，再产生尿液就会马上排出体外。”

大山淡淡地说道，口吻略带同情。棚的心中同时翻腾起两种感情，一种是“原来如此”，一种是觉得火星很可怜。

“是恶性的吗?”

“不检查一下，不好说，但我觉得不是恶性的。您说过她从去年开始小便变得频繁。”

“对，虽然没有现在这么频繁。到底是什么东西呢？这个，在长大的东西，是自己长出来的吧?”

“嗯……”女医生沉吟着寻找合适的词语，“嗯，垃圾一样的东西吧。”

验血结果的各种指标都勉强在正常值范围内。医生边看边说：“最好尽快做手术摘除……”“拜托了。”棚答道。虽然一瞬间脑中掠过老年火星动手术的危险，事到如今，已经别无选择了。

大山点头：“已经这么大了，需要准备输血，还需要大学附属动物医院级别的设备。附近可以考虑的有L大学、M大学和N大学。估计每所大学都需要等上一周左右。我来问一下。”

说完，医生离开诊察室，隔壁传来了动静，似乎在打电话。不久，她回来说：“L大学需要等一周时间，M大学需要十天，N大学五天。”说完，她陷入沉思。这样的情况下，要等待至少五天吗？总出血量会很多吧，也会耗费不少体力吧。火星能保留足够体力，接受手术吗？

“如果你有家人在大学工作，估计可以照顾内部人员，优先安排手术……”大山似乎在喃喃自语，又似乎在询问。棚稍稍犹豫后说：“我的男朋友在L大学工作。”

钟二在L大学工作。大山的脸色一下子明朗起来：“那么，请他跟大学附属医院联系一下吧。”

“我托他试试。”棚缓缓道。她感到有点内疚。虽说事关性命，但通常她不会走这样的“捷径”。在那些老老实实地等候十天的宠物中，也有一些猫狗命悬一线、危在旦夕吧……

所以，医生决定暂时先观察一下。火星从里面被带出来了，摇着尾巴。一发现棚，它就努力吸引棚的视线，身体冲向门口，好像在说：“回家，快点！”

棚付款以后走出医院。虽然医院面对主干道，但道路两旁高耸的榉树缓解了喧闹。穿过横道线，顺着神社的参道走去，马上就进入了住宅区。火星还是老样子，走几步就蹲下。

看着火星，棚怔怔地想：火星的子宫里究竟长了个什么东西呢？

市面上有一种给狗玩的毛绒玩具，是同种类小狗的样子。有人曾经送了一个给火星。刚开始棚觉得不可思议，这个玩具也不会出声，怎么玩呢？不过，火星却一见钟情，马上衔到自己的狗窝，舔一会儿，再重新衔起来，带到自己所去之地。不出所料，钟二觉得它可怜，固执地认为它想要孩子了。在注射疫苗时，跟医生谈起这件事，医生说：估计只是脑中的育儿功能受到刺激而起作用了，可能会造成假性怀孕，因此对于这一类玩具，最好悄悄拿走，处理掉。拿走火星如此热衷的东西，也很可怜。火星如同在从事一项具有使命感、责任感的工作，麻利勤快的样子令人感到新鲜又有趣。在火星集中精神吃饭时，棚偷偷拿走了玩具。玩具不见后，火星倒很淡然，完全没有拼命找寻的样子，甚至好像没有觉察到玩具不见了。反而，无法停下的忙乱状态终于终止了，火星也松了一口气。甚至可以说，有玩具时，它连正眼看看棚的工夫都没有，对于毛绒玩具全神贯注，由此被一种无谓的焦虑所支配。玩具一旦消失，它忽然又恢复了悠然自得的正常状态。

那是什么时候的事了？棚自以为处理掉了，因此完全忘却了。也许火星“失去的孩子”在那时就开始在火星的子宫里孕育了。果真如此，也可以理解火星那安心的神情了。

“附属动物医院吗？那么是农学系吧。不过我不认识动物医院里的人啊。”钟二接到棚的电话，回答后支吾了片刻，又说：“不过，我问问看。”

钟二声音低沉，听上去既不厌烦，亦不喜悦。棚觉得抱歉，让他利用同事的身份，跟素不相识的人央求行个方便，他一定心情沉重吧。

“对不起，这样的事……”棚说不下去了。

“这样的事？什么？”

“不，没什么。这样的事情，很讨厌吧。”

“没办法啊。你没有错。虽说是宠物，但如同家人。如今它性命攸关，利用自己所有的筹码来想办法，这是理所当然的。”

“嗯，筹码。”挂上电话，棚在心中喃喃自语。刚才棚迟疑着没说出口的，接在“这样的事”后面的话，其实是“不公平”。

“公平”这个概念，是白种人发明的。是仅仅在他们之间通用的名片一样的东西。记不清是谁对棚说的了。当时年轻的棚反击道：“但是，这一定是我们跟别人寻求共存时，应该提倡的理想之一。”那发生在去非洲之前。

“不公平。”

这是在非洲时始终在她内心翻腾的感情。她耳闻目睹的各种不可理喻的事，归根结底就总结为这一个词。

“但是，不公平可以造就多样性。”棚记得说这句话的是谁。是片山海里。在当时，棚感觉把“不公平”称为“多样性”的学者是狡猾可恶的。

棚沉浸在回忆中。不久，电话响了，又是钟二。

“我给前台打了电话，马上帮我转接了院长教授，明天早上他可以第一个给我们看。所以，明天早上准备一下，把火星带来。”

接着，他开始说明去医院的路线。他的声音轻松明快，跟刚才截然不同。棚向他道谢，暂且把“公平”的问题搁置一边，马上给大山医生打电话。

“啊，可以看中村医生。太好了！”大山医生好像认识院长。

“暂且只是诊查，好像还不会马上做手术。”

“是的，明天早上第一个的话，要抓紧时间了。今天能来取一下在这边拍的片子和超声波图像吗？”大山有点担忧地问。

“没问题，我现在就去。”

棚看了看火星的情况。她在宠物用的垫子上铺了几张吸水垫，吸水垫之间用胶带连接、固定。吸水垫上已经处处留下了“印记”。火星似乎筋疲力尽，前爪向前伸出，下巴搁在地板上。

“我出去一下。”

棚对火星打了招呼，拿着包去楼下，从车库角落推出自行车，骑上夜色沉沉的道路。

棚发现，在比步行时流淌更快的空气中混杂着一缕瑞香花的香气。

……大概是拐过这个街角、下一个十字路口前的那家门口的瑞香花吧。花香竟然飘散到这么远。

这么想着，忽然转念一想：

……不是飘散，而是出现。在某个远处，似乎气场的内压太强大了，导致如同底流水渗出一般，在其他意料不到的地方陡然出现……如同“火星失去的孩子”也许出现在她的子宫内一般。

脑中电光火石间闪过这样的“感觉”，不能称之为“幻想”或者“预言”，勉强可以说是“灵感”一般的“感觉”。这种“感觉”是棚从幼年时代就开始有的、忽然的灵光一闪，可以说构成了她的自我认同的中心部分。最近，每当灵光一闪，她便会自动地进入头脑里那条走过多次的小路。棚可以预见这条小路最终通往何处，但还是不想轻易地去那里。

……一个男孩忽然出现在某个“地点”。那么，这个孩子多半是被遗弃的，被遗弃在坚硬冰冷的石板路上。某个“地点”，也许是存在过的某处。

危险！近在咫尺处，飞驶的汽车横穿而过。已经来到了公共汽车行驶的大路上了，棚却大意地没有确认左右。她深深叹了一口气，振作精神，再次踩下踏板。

白天拥挤的动物医院等候室，现在只剩一条深棕色的小型短腿猎犬，主人是一位稍带倦容的白领女性，似乎刚刚下班归来。棚进来时，她眼也不抬。棚对前台小姐点头致意后说：“我是来拿片子的。”她没有在长椅上落座，而是站着等待。不久，大山医生出来了，把一个装着所有片子的大信封递给棚。

“真好，这么快就定下来了。”

大山由衷地为她感到喜悦。棚的心情有些复杂，但现在并非吐露她内心“别扭”的合适场合，因此她只微笑道："嗯，是啊。"

"明早是开车去L大学吧？那么，不要走○○路，走△△路更好。"

大山医生经常去L大学参加学术研讨会或进修班。棚道谢后，骑着自行车回家。

从主干道路驶入住宅区，与往常一样，棚察觉到空气质感的不同。是由于守护神社的森林和公园的树木的缘故吧。时常出现在早春的那种异常潮湿的清风，不知从何处吹拂而来。

来到公园的入口，棚忽然心血来潮，打算下车，穿越公园里的小路回家。

公园内的路灯小心翼翼地向四周投射出仅能照亮脚边的微光。池塘边，针尾鸭将头埋入羽毛间休憩。粗略一看，似乎数量没有以前多了。应该不少已经飞往北方了吧。

近在一两米处的鸭群竟然毫无防备，令人难以置信。棚停住脚步，细细端详。大部分针尾鸭已经入睡，但鸭群内处处会有针尾鸭忽然骚动起来。对面岸边的街灯在水面投射着光线，虽然昏暗，却也足以照明。在野生环境中，夜晚肯定不会如此明亮。它们夜晚的生活也不可避免地会受到影响，有的针尾鸭也会夜间活动吧。现在就有几只在人工照明下，离开鸭群，在水面捕食。它们就好像在邻居们沉沉入睡的深夜悄悄聚集在便利店的年轻人。

啊呀，火星！棚继续走起来，拐入坡道，离开池塘边。

脚边出现了一只癞蛤蟆。棚推着的自行车轮胎渐渐逼近，它却毫不在意，继续慢悠悠地横穿过小路。

最近，棚的大脑虽然被火星的事占据了，但眼睛还像毫无感情的照相机一般，不放过自然界些许细微的变化。

这样的习惯是什么时候开始养成的呢？棚忽然觉得这不是从开始以写作为生后养成的，而是从儿时记事起就有这样的习惯了。

从周围地势来看，池塘位于低洼地。从干线道路去池塘是下坡路，现在离开池塘的路是上坡路。棚的公寓就在坡上。

涌出的泉水自然而然地积蓄成了池塘——每当棚走上这道小坡，她的脚底确确实实地感到了这点。

她把自行车停在车库，进入公寓。有些内疚，但这短暂的绕道停留，却是必要的休憩。一旦回来，棚感到火星的问题、自己的严酷现实又再次逼近了。

火星很憔悴。棚明显感到它的脸色很差——通常狗的脸色并不好辨别——不由得焦虑不安起来。虽然火星无精打采，但棚一旦靠近，它还是摇摇尾巴，蹭过来。真可怜！棚用脸爱抚地蹭蹭它。一结束，火星又瘫坐下去了。狗窝旁边已经留下了无数“印记”。周边弥漫的血腥味，更是加大了棚在精神上的折磨。

棚起身去盥洗室拿水桶和抹布。

三

次日早上，棚在汽车后座上铺了垫子，让火星坐上以后，出发了。出乎意料，路上并不拥堵，约莫一小时就到了目的地，开进了大学内。她看着地图，减速找到停车场，把车停好。

她从包里取出擦拭用的护垫，拿在左手，以便万一火星弄脏了地面，可以马上清理掉。右手牵着狗绳，拿着狗狗散步包，肩上背着装有钱包等物的背包，她就这样进入了大楼。进门就是一楼的前台窗口，她告诉对方有预约，然后按照指引，乘坐电梯来到二楼。电梯门开了，眼前就是等候室，排列着跟一般医院一样的长椅。已经有不少主人带着不同种类的狗、关在笼子里的猫等待看病。在前面的天花板附近，竟然安装着电视。

在电视机的斜下方，是比一楼更正式的前台，棚在那儿跟刚才在楼下一样报出名字，又交出了带来的资料和片子。“会叫您名字，请稍等。”棚在靠墙的座位坐下。棚再次握紧了擦拭用的护垫。不管怎样，终于来到了这里。她不由得长吁一口气。重新振作一下，她开始环顾四周。她没有心思看慢悠悠的午前电视节目。棚旁边的墙上有一个书架，摆放着有关动物的杂志和书籍。旁边贴着一张纸，好像是呼吁狗狗献血的宣传单。棚产生了兴趣。和人一样，狗也有手术，也需要输血，因此也理所当然吧。她却现在才注意到，不由得凑上去细看文字。

“为了需要输血的狗狗，请愿意献血的健康狗狗登记。”

献血的好处是：“在献血前，可以接受免费的血液检查、X 光检查等。作为感谢，将赠送您狗粮等礼品。”

狗粮肯定是试用品吧。棚不由得微笑了。

“为了保障正常的供血，每年进行两次定期献血。赞同这个宗旨的狗狗……”

赞同宗旨的不是“狗狗”，而是狗主人吧。棚又在心里反驳了。对于“狗狗”这个称呼也略感别扭。

不过，棚从未想到过狗的献血。对于野生动物来说，是无法想象的。棚的内心有两个自我在交战，一个是对狗献血这个事实愕然的自我，另一个是安慰“愕然自我”的自我：自己的狗也许要接受其他狗的献血。交战最终，她打算把这个问题先搁置一边。

决心让自己的狗献血的人，大部分都出自个人的动机吧。以前养的狗由于大出血死了，或者接受了其他狗的献血而得救了，所以这次就让自己的狗来献血吧。这的确是令人敬佩的，不过……

虽然同样身为狗，在非洲街头流浪的瘦狗是完全被献血一词所包含的文化系统排除在外的。从生物本来的存在方式来看，这样才更为“自然”。如果无法维持身体机能了，面对的就只有死亡。根据这样的简单原则，艾滋病患者会死去，瘦狗也会死去。

但是，三原得以延续生命，火星也会得到救助。与其说是文化，不如说是由于经济问题。

棚闭上双眼。

生物在自己所处的环境中，摸索着最好的方式去生存。这么说，听起来冠冕堂皇。简而言之，只有当自己置身其中，才会显露隐藏在表面后的本性。通俗一点说，就是露出破绽。

棚突然想到：自己到底是怎么看待三原的呢？

这时，诊察室的门开了，叫到了棚的名字。“在!”她慌忙应答，站起身来。火星也受到她的影响，急忙站起来。她带着火星进入诊察室。学生模样的助手轻轻点头。棚也点头回应。虽然估计对方已经了解了情况，但她还是简单地说明了一下病情。“嗯嗯!”他回答着蹲下来，试图把火星抱到诊查台上。这时火星体内排出的混杂着淡淡血液的液体喷洒在地板上。棚感到诚惶诚恐。“啊，没事的。”助手从里面拿出抹布清洁起来。棚也用手中的护垫帮忙打扫。这时，一直背对着他们看昨天拍摄的幻灯片图像、貌似教授的老年男子转身站起来，走近火星，开始触诊。火星的腿哆哆嗦嗦地颤抖着。教授为了缓解火星的紧张，不断说着话，然后对棚说：“必须做进一步的检查，不过……”

他欲言又止，这一点棚后来才发觉。不过，当时棚没有深思，就回答：“那么拜托了。”教授点点头：“用了麻醉后进行检查，请在同意书上签字。要花几个小时，所以请在附近等待吧。在我们可以联系到你的地方……有这样的地方吗?”

钟二的公寓就在这附近。

“好。”棚答道。

助手递过来一张纸说：“那么，请在这里签名，并写下我们可以联系到你的电话号码。”然后试图拉走火星。火星却不愿意跟着去里面。助手似乎对这样的情况司空见惯了，招呼着火星：“来来。”然后抱起火星，带到了里面。棚低头说：“拜托了。”随后离开了诊察室。在纸上写下钟二公寓的电话号码，交给前台，出门后坐上了车。

钟二的公寓从这里步行大约十五分钟就可以到。她也可以走路，但为了后面来的病人停车，她决定把车开出去。因为是在大学的校园内，所以缓缓前行。出了门，等车流消失后，拐入了道路。然后向右拐两次，就进入了钟二公寓内。

她已经告知钟二：今天也许会顺便去一下。进入起居室时，棚再次感到：真是空空荡荡的房间啊。平时她会准备一些简单的晚餐，今天的棚却毫无余力了。她倒在床上，一动都不想动。就此迷迷糊糊地，几个小时一晃过去了。

在电话铃声中醒来，棚慌忙接听，是刚才的助手。

“检查结束了，请过来吧。”

“好！”棚回答，开车回去。

她回到诊察室，教授开始说明CT的结果。他说：“瘤”复杂地嵌入骨盆的内部，如果做手术，搞不好会影响走路。

“如果不做手术，会怎么样呢？”棚忽然提问了。这个医生没有明确告知手术要花多少费用，但一定价格不菲。棚也打算支付这笔钱，但这究竟是否是“正确”的选择？棚的内心也还没有明确地做出结论。她也知道，即便不是“正确”的选择，现在的自己一定也会选择这个“不正确”的选项。不过，她觉得不做手术，等待自然死亡，应该也作为一个方案提出来吧。所有的一切似乎太顺理成章了，令人感到奇怪。

教授似乎有些诧异，再次正视棚：“它不可能自然变小。排尿和排便会渐渐更困难吧。”

棚等待着教授的下文。然后，是通过怎样的过程走向死亡的呢？“这样下去的话，一定会死。”棚期待着类似这样的话。不过，教授不再说下去了。他小心地避开了“死”这样的词语，交给听话的狗主人去想象和感觉。狗主人将同意“通过自己的判断，支付高额手术费”。棚放弃继续追问，低声说：“那么拜托了。”然后又问：“不过，手术是五天后对吗？”

火星在一旁又在排泄混杂血液的液体。

“这样的状况，要等待五天吗？”

“手术日是周几，这是已经定好的……”

一定是作为实习的一个环节，让没有经验的学生来执刀吧。棚死心了：没办法，大学医院就是这样的地方。但是，这种情况的火星没有得到任何治疗就要回去吗?

“要不要给她穿一下纸尿裤?”

至少告诉一下穿这样的东西时医学上的注意事项吧?不过,教授漫不经心地回答:“你觉得有必要的话,就穿吧。”

教授难道想不到自己必须闻着血腥味,强忍着头晕,一整天给火星打扫卫生?而且无法集中精力工作。在这种精神折磨下,看着渐渐失去体力的火星,束手无策地度过五天时光?棚心中不快。助手如同居中调解一样,一边打扫火星弄脏的地板,一边说:“手术当天请不要给她吃东西。还有,请在这些材料上签字。”

材料上写的是这个手术可能对狗造成的风险等。棚觉得再次被提醒了:我们医院可是清清楚楚地说明了可能会发生的这些情况。

“请把材料交到前台,然后请去一楼支付今天的费用。”

棚按照指示,把材料交给前台,急匆匆地下楼。动作不快点的话,火星的子宫又会排泄出混杂血液的液体。棚这么想着,拉了拉火星的狗绳,但火星步履蹒跚,难以前行。棚以为是亚麻油毡地板的缘故,问火星:“怎么了?”但火星如同得了疯牛病的牛一般,四腿不断颤抖。最后以从未见过的姿势仰天倒下了。

等候室里人们的注意力都被吸引过来。有人说："啊呀，那样催促它，太可怜了吧。"

诊察室里的助手出来了，看了一下情况。棚看到助手只是默默观察着，估计情况不太危险，于是安慰着火星，让她站起来。

那时火星体内还残留着麻药。助手是出来确认情况的。这些都是棚后来才想到的。她觉得如果当时对她说明一下就好了。

她坐着电梯下楼，单手控制住企图出去的火星的狗绳，对前台招呼了一下。前台的工作人员态度和善，转向电脑屏幕，递过打印出来的明细单。九万二千六百三十日元。棚没有准备这么多现金，用信用卡进行支付。棚再次查看明细，拍摄诊断费用贵得惊人。给狗拍 CT……这样是不是真的好？郁闷的心情和事情整体的发展趋势，令棚不由得皱紧了眉头。虽说为了治疗，但今天来这里，不仅没有缓解火星的痛苦，反而让它更不舒服了。而且，照顾火星的自己也完全没有获得任何建议。不过，这终究是"基于自己的判断"进行了检查。兽医的确没有强迫。

既然这样，就去买一大堆最好的纸尿裤吧！棚愤愤地想。让火星稍微舒服一点吧。虽然知道只是为了平息自己的心情，但现在能为火星做的只有这个了。然后，在这种心情的驱动下，她在高速公路上行驶了大约二十分钟，在最靠近自己公寓出口的前一个出口下了高速，就此驱车来到郊外的购物中心。这一带有棚所知的最大的宠物用品店。

四

棚也曾考虑过让火星穿纸尿裤。可是，给猫和狗穿纸尿裤？那种别扭感让她没有付诸行动。这也太不自然了。

不过在内心深处，她期待兽医可以提出来，让自己不情不愿地遵从。但是，事态并未朝这个方向发展，无可奈何，她自己提出来了，于是对迫使自己说出口的兽医感到愤怒。棚想：说得难听点，就是这样。但是马上又轻轻摇头：啊，不行！不可以这样轻率地攻击他人。

到底是哪里出了问题？棚希望可以接触自然，开始饲养火星。这是她“饲养宠物”的正当理由，跟她自身的生存方式也息息相关。棚想跟那些把猫狗当作孩子的替身一般的宠物主人，划清界线。因此，她是如此地在意 CT 检查和纸尿裤等。这简直就是犯了忌讳。

那么为什么把这些视为忌讳呢？火星“失去的孩子”究

竟在哪里？到底是怎么怀着的呢？

棚内心在纠结，身体却一步步地迈入现实。她细细看过高龄犬的看护用品后，最终选择了两种纸尿裤。一种是内裤形（跟人用的几乎一样）的，一种是如同大卫生巾一般的护垫与装护垫的专用 T 字带。她径直回到停车场。火星从车窗看到棚，眯起了眼睛。棚向她点点头，打开车门，放入东西，坐上驾驶座，启动发动机，伴随着轻微的疲惫感。“啊！能做的事都做了！”这种兴奋，给她注入了回家的力量。在大学校园内载上火星以后，差不多两个小时过去了。

到达公寓的停车场后，火星从车上一下来，就原地趴下了。它一直在忍耐。棚一手拿着行李，一手拉着狗绳，来到房间。火星勉强坚持着进入房间，来到自己平常待的地方，如同耳内的半规管做过手脚的老鼠一般，脸朝向自己的肛门，不停地原地打转。棚把它带到阳台，它也同样疯了似的不停打转。很快会平静下来吧！快点平静下来吧。棚一边整理房间，一边心中祈祷，留意着火星。不知不觉，一个小时过去了。回来以后它还没有坐下休息过。棚的直觉告诉她：在粗暴的检查下，一定在体内看不到的地方造成了伤口。麻药过去了，痛苦就真切地袭来了吧。

棚压抑住心头涌起的怒火，径直走向电话机。她一边看着拿到的名片，一边给动物医院打电话。前台工作人员接了电话，叫来刚才的助手。棚尽量冷静地描述了回来后火星的情况。一开始，助手的态度完全像是照本宣读了关于如何应对过度担心的宠物主人的操作指南，棚觉得这样无济于事，于是稍稍加强语气："也就是说，我的问题是，是否在做检查时伤害到了内部？"

于是，操作指南切换成了应付投诉的模式，助手回答"我请教授来听电话"后就离开了。不久，教授接了电话。

"回来以后，一直像这样。我担心是否检查时发生了什么情况，伤害到了内部。"棚单刀直入地说。

"这个……不能断言说没有。"

因为是学生操作的，所以会出现这样的情况吧。但是，棚想知道到底发生了什么。不过，对方不情愿说，即便自己勉强问出了真相，也无济于事。那么这样吧，棚马上调整了一下心态，老老实实地请教："那么我应该怎么办？"

教授的语气丝毫没有变化："如果你实在不放心的话，请去附近常去的兽医那里看一下。"

棚感到自己的心急速地远离了兽医。“明白了。”她回答后，又说了几句手续的事情，放下了话筒。她死心了，再也不能指望他们什么了。然后该干什么呢？她忽然想到：“对了！纸尿裤！”她从买来后没有动过的袋子里取出T字带，按照说明书装上护垫，给摇摇晃晃的火星穿上。火星的样子滑稽可笑，不过没有像她担心的那样马上试图脱掉。不仅如此，火星忽然动作迟缓下来，如同附身物散去一般，躺倒下来。棚终于松了一口气。患处受到固定后，一定是某个只有本人才知道的地方得到了改善吧。

对了！她想起，走出医院大楼时，火星颤颤巍巍走路的情形。

面对狼狈地仰天倒下的火星和手忙脚乱的棚，那些“医疗工作者”一声不吭地仅仅“观察”着。也许只是为了确认使用的麻醉药剂量造成的相应结果吧。棚知道，如果在一般情况下跟助手和教授接触，他们是富有人情味的。可是，在那个场合，什么东西显而易见地缺失了。估计在给人治病的医院也存在同样的情况，但在以猫狗为对象的医院里，这一点更露骨地呈现了出来。于是，事情的本质就清清楚楚了。那就是，他们把处置的对象当作物体来看待。当晚，棚在电话里跟钟二抱怨。

“嗯，不过这也不是一天两天的事了。做研究工作的人，如果不特别留意，很容易变得片面。不过，这次我给你介绍，是一个败笔。手术也并没有提早很多。”钟二不是滋味地说。

棚所要求的是，希望他们能更关切病人。嗯，在对方看来，也许过分矫情（尤其患者是猫狗的情况）。那是被排除在本职工作以外的、多余的服务。他们的本职工作所需要的是提供适当的医疗功能、培养专业人才的机构功能。更重要的是，作为研究机构收集数据。较之以人为对象的情况，以动物为对象时，这个先后顺序也许更容易被颠倒。更何况那种“体贴的”服务，有当地的兽医就足够了。或者仅仅连声招呼“狗狗”就够了。和患者之间形成那种特殊的纽带，反而会造成麻烦。

棚希望钟二能告诉自己这些，然后由自己对此进行反驳。通过这样的对话，自己会有所领悟，对此事得出自己的看法，从而让心态平和下来。然而钟二也怀着自己的心事。他对棚和火星的歉意使得他也成为“当局者”之一。因此，棚只好自己试图客观评论此事。

“嗯，不到最后，不好说。因为终究不知道是不是别的医院更好。”棚这么说着，安慰钟二，还有她自己。

棚和钟二之间有一种默契：在这种情况下，心情平和的那一个成为“父母”，使对方平静下来。两人的关系至今为止都通过这样的方式得以维持。不过，随着两人年纪的增长，这渐渐困难起来。

“非洲的传统医疗，”钟二突然提起了这个话题，棚感到意外，“跟西方现代医疗的潮流逆向而行，真有意思。”

“为什么突然说这个？在这种时候，希望你能用一下‘可是’这样的连词。”棚话一出口，便察觉到自己由于火星的事过于烦躁不安了。

钟二毫不介意地说：“不，我正好在读精灵附体的书，是有关巫医的。他们也推荐用草药治病，可以把引起疾病的恶灵召唤进自己体内，或者为患者召唤精灵，不断地进入自身内部，彻底地吸收当事者的疾病，或者说不分彼此，混为一体，不断地向这个方向发展。我听你说了那些事，不由地觉得，现代医疗的发展方向是相反的——彻底客观地对待患者，作为物体一样观察，不产生任何瓜葛。最近似乎也在发生变化，但本质是绝对不会改变的，因为不这样的话……”

“不这样的话，医学无法进步。”棚在脑中把钟二说了一半的话补充完整。不跟对方产生任何瓜葛。这正是今天教授的态度：“如果你实在不放心的话，请去附近常去的兽医那里看一下。”这也是基于“目前没有紧迫的危险”的判断吧。教授的确是优秀的研究者，棚这么想着，说道：“我也最近买了一本关于非洲民间传说的书。还没有开始读。是三原朋友写的书。”

三原是棚和钟二共同的朋友。三人在学生时代都属于佛像研究活动小组。他们一起旅行去参观外地的珍稀佛像，每月一次跟佛像手艺人学习雕刻。后来三原沉迷于非洲艺术品，想来也是自然而然的。他有收藏的嗜好，如果迷恋上了，连路旁的地藏菩萨像都可能要搬走（据说没有去搬，不是因为道德问题，而是出于物理问题，佛像太沉重了，搬不动）。他所“沉迷”的对象，都充满一种灵异的力量，姑且不论这种力量是好是坏。即便是棚觉得不祥的力量，也会令他觉得魅力无穷。

“三原的朋友？难道是片山海里？”

“啊？你知道？”棚惊诧无比，不由傻傻地失声道。

“我见过他。很久以前，我引用了他的论文，那时我联系了他。”

“我没听你说过。”

钟二以前没有提过片山海里，棚也如此。

“当时他说到辗转于当地部落时碰到一个奇怪的日本人。当发现那是三原时，我真的大吃一惊。”

棚觉得，三原知道棚和钟二的关系，如果知道钟二认识片山，一定会告诉棚。

“我觉得他知道。……不，到底知道还是不知道呢？”钟二没有把握地说。

“本来三原开始对非洲艺术品着迷，你也有责任啊。”

对于三原而言，在古董店偶遇的非洲祭祀用假面是一切的开端。给三原介绍这家店的是钟二。考虑到现在三原患的病，也可以说他的命运在那里决定了。棚并没有责备钟二这件事，不过钟二似乎这样理解，沉默不语了。棚觉察到了钟二的误解，慌忙说道：“我并不是说你要对他的病负责。”

“……我明白。”钟二低声回答。

棚继续说：“他跟以前毫无变化。为了自己迷恋的对象，无论哪里都会去。从以前到现在这一直是他的生存方式，在这个过程中得了病。”

“而且，并不是去非洲的人都感染了 HIV。”她补充道，但似乎无济于事。

“也可能一辈子不会发病。”

听说他现在也像正常人一样生活着。虽然医疗费价格不菲，但他家境殷实，家里应该会资助他。

“……是在哪里感染到的？真是的！”钟二没有回答，只是叹着气轻声说。

“嗯……”关于这件事，棚从未问过三原。她觉得那是非常私人的事。三原自己想说，随时都有机会说。不过，他闭口不提。在现在进行时不断发展的现实中，重要的是该怎么处理，而不是追究怎么造成的。对了！棚回到自己的现实中来，告诉钟二，火星穿的纸尿裤很有效果。

“那太好了，”钟二终于松了一口气，“一开始用就好了。”

“不过，我跟它在一起，总是狠不下心来用。”

“今天累了，就此睡了。”棚说完后挂了电话。但忽然挂念起钟二读的精灵附体的书，再次拿起放下的话筒，打通了电话。

钟二接电话应答：“你好！好久不见了。”这么说本来是钟二的习惯。不过，棚没有理会，继续问：“刚才你说的精灵附体的书，是谁写的？”

“我不是说是片山海里吗？”

“你没说吧。”

“啊，是吗？我以为说了。”

“不，没说。”

“是吗。反正是他实地调查的集大成之作。”

棚对他的说法感到不妥：“集大成？他今后还会写啊。”

“啊？”钟二回答后，沉默片刻后说，“小翠你不知道啊。我还以为三原告诉你了。”

钟二一直用“棚”，很久没有用“小翠”称呼她了。他觉得棚的笔名很有趣，“很符合棚的个性”，跟编辑们一样习惯称呼她为“棚”。

“片山海里死了。”

“啊？”耳边传来的钟二的话，一瞬间四散飞扬。似乎没有通过平时大脑使用的语言处理路径，而是通过其他路径，好不容易理解了意思。至少给棚的感觉是，费时不少。

“……嗯。”

“对，去世了。”钟二用谈论生死应该用的慎重语气，缓缓说道。

“……啊，是吗。”

棚低声回答。如同读了一半的长篇大作，原本打算继续读，却由于某种原因丢失了，再也无法读下去了。她感受到了相同的奇特的震惊。从他们的关系浓度来说，她原本应该更悲伤的，但却没有达到那种悲伤程度。棚内心的测量器在鸣响警报。对，本来应该有更多机会了解他的。事情的发展实在古怪。

“这本书很有意思，下次带给你吧。”钟二夸赞这本书，如同对逝者的献祭一般。

“……嗯，谢谢。不过，他是怎么死的？”

“这个不太清楚。他是回日本以后去世的，病名我也不知道。好像是弄巧成拙，反而搭进了性命。这本书上说他在当地接受了巫医培训。”

“哦？不过，我见到他的时候，他在享受大学的十个月特别休假。而且他没有提到这事，应该也没有时间去培训吧。”

“那之后，他休了长假，又去了一次非洲。”

“那是我回日本以后的事吧……”

随后，棚又头昏脑热地聊了一些片山海里的事，再次挂了电话。棚想读那本民间传说的书，可奇怪的是，找来找去找不到。火星第一次接受检查时，她在附近的旧书店发现了这本书，购买后放入了包里，从那时起一次都没拿出来过。她清清楚楚地记得买了。她迷迷糊糊地觉得，自己一直忙于火星的事，没有时间阅读。不过，好像一直没看到那本书吧。是遗忘在哪里了吗？那家医院吗？这种可能性最大了。明天马上打电话确认一下吧。她想着，最后给火星换一次纸尿裤。她发现护垫的位置没有固定好，地面到处都弄脏了。清扫干净以后，棚终于上床了。

那么，片山海里究竟在非洲干了什么？多亏用了纸尿裤，没有刚回家时那么担心，但棚还是牵挂着无法安静下来的火星，虽然疲劳，却难以入眠。

窗户外，公园树林下的池塘里，传来几只针尾鸭的鸣叫。

Phuuu!

Phooyee!

也许由于地形的关系，从深夜到清晨，池塘周边的声音尤其清晰可闻。特别是鸟儿们发出的报警声。棚往往在半梦半醒之间听到叫声。有时棚全神贯注地倾听：是不是鸟儿受到了袭击？那种时候，她在床上能感觉到自己身体的紧张。有时她自己也很惊讶，自己如同鸟群中的一个成员。然而今天的叫声不同于报警声。那是催促同伴迁徙的叫声。棚体内的某种力量似乎想要回应。她紧闭双眼，咬紧牙关，忍受过去。

五

次日早晨，棚起床后立即忧心忡忡地去查看火星的情况。火星一看到棚，就急切地表示想去外面。纸尿裤奇迹般地没有脱落，好好地穿着。

棚感到庆幸，不由得舒了一口气。她走进厨房，把水烧上，随后回到卧室利索地梳妆，回到厨房，泡上红茶，喝了一口，招呼火星说："走吧。"火星跑向门口，眼神急迫。身体内部的情况已经迫在眉睫，那种紧迫感从内而外地散发出来。

出了公寓门口后，棚替火星脱下纸尿裤，装在塑料袋内，放在自行车后座上，打算散步回来再给火星穿上。

"啊呀？怎么了？好早啊火星。"母亲在院子里浇水。对了！棚想起来了：母亲一般在这个时间给树木浇水。

"身体不好。子宫有点问题，必须动手术。"

一瞬间，母亲停下了手中的活，从上到下地细细打量火星。这扫描一样的视线还是老样子啊。虽然棚不是视线关注的对象，但仍然感到不适。过去母亲曾用这样的视线读取发生在棚身上的私事。

“看上去很难受啊。”母亲深表同情，“小便憋不住吗？”

“……嗯，”棚坦白了，接着说，“不过，我清扫干净了，没事。”

“那没关系，都这种时候了。那么，动手术后会好吗？”母亲似乎以为是癌症。这一定是母亲身边常常出现的话题吧，棚这么想着，回答道：“长了一个东西，不过是良性的，不要紧，只是照看它有点辛苦。”

“放心吧，我不会说：这是个好机会，正好可以熟练一下照顾别人的技巧。”母亲言毕，避开棚的目光，抚摸火星的头。棚想：你不是说出口了吗？！“那么，我们去散步了。”棚回答后，就离开了。

“看护（老人）”这个词，对于母亲以及她朋友这个年代的人来说，带有一种温暖又细致的语感，令人不由得侧耳倾听。以前母亲从未对她提到过这个话题，估计钟二的父母也没有过。

钟二的父母也曾希望她：“跟钟二结婚吧。”也曾用过

“堂堂正正地（结婚）”这样的词眼。估计现在也是这么希望的吧。钟二有一个哥哥，名叫磬一。磬一还是单身，因此父母希望至少有对象的钟二可以像普通人一样结婚。但是，他们并没有把自己的想法强加于钟二和棚。他们使用的言辞和表示的态度就是：作为他们的希望，如果可以的话。当时，钟二回答了一句：“我可不想让翠变成普普通通的‘老婆’呢。”这个话题到此为止，再也未被重提。

此后，棚几年会去他父母家留宿一次。他父母来东京时，也曾住在棚母亲的领地——公寓一楼的客厅里。

池塘周边的野鸭明显减少了。昨夜第一波野鸭毅然迁徙飞走了吧。

火星跟前一天一样，毫无起色，重复着每走几米就下蹲的动作。看到她如同着了魔一般的举动，棚内心的警钟不断地敲响着。

这样下去不行啊。棚闭上双眼。自己一直这样被影响的话，不久就会无法冷静地判断了。她在池塘边的长椅上坐下，缩短火星的狗绳，挂在面前的木桩上。

老鹰似的大鸟盘旋着飞翔在池塘正上方。她以为是鸳鹰，却好像是乌鸦。它似乎在享受池塘上方产生的上升气流。上升了一阵，就绕个大弯下降，然后继续张开翅膀，像风筝一样上升。显然它在玩耍享受。也许像坐着升降机吧。

棚常常觉得：这一带的生物中，最能优雅地享受“生活”的是乌鸦。它在固定的时间，去闹市区的垃圾堆之类的地方，就可以不费吹灰之力地搞到丰富的美食。没有必要把所有的生活耗费在觅食上。在富余的时间中，它们的文明程度渐渐得到了提高。但是，它们的野性并未就此减弱。

棚想起了大约一个月前在长椅边目击的猫捕食的情形。

那是一个周末。平时并不热闹的公园，到了周末人也多了起来。长椅上坐着一个中年男子，舒适地倚靠在椅背上，呆呆地看着池塘。长椅后面，隔开环游步道的小树林边有一只猫。棚不由得停下脚步。因为这只猫散发着非同寻常的紧张感，直直地注视着长椅一方。这只猫的姿势不仅仅是前倾，而是尽可能地弯曲膝盖，贴紧地面，可以说是匍匐前进的姿势，仿佛热带草原上的猎豹，脸笔直向前，视线牢牢锁定在长椅方向。那是周六的傍晚，很多游人在悠闲散步。猫灵敏地穿行在轻松悠闲的游人的脚旁，视线却纹丝不动。跟周围空气截然不同的强大气场，渐渐逼近了长椅，穿过了长椅。长椅上的中年男子忽然“哦”地轻叫一声，然后向猫点点头。他一开始意外地发现了脚边的猫，吃了一惊，然后从猫的紧张气场察觉到它在进行一项重要工作，不由得表示了敬意。猫逼近岸边。终于明白了，它的目标是浮在岸边的野鸭群。

那时，池塘的围栏上挂着塑封的报纸。细看一下上面的报道，写着由于有人擅自给野鸭喂食，导致很多野鸭过于肥胖，轻易地被猫捕获，或者被人徒手捕获。肥胖也令人担心它们能否顺利地迁徙。

原来如此！猫也会攻击野鸭。但是棚觉得：这次肯定不行吧。因为野鸭都在水上漂着。最近的野鸭也离开岸边数十米。猫是认真的。但是，即便扑上去了，之后怎么办？完全没有胜算。落水就完蛋了。风险也太高了。

棚和长椅上的男子屏息凝神细看，猫忽然深深拉长身躯，做出扑向野鸭群的姿势，后脚还在岸上。刹那间，野鸭们惊慌失措地骚动起来，离开了那里，但是，马上回过神来：什么呀？吓了我一跳。鸭群各处，好几只野鸭伸长身体，扇动翅膀，表示威吓。

野鸭群里大部分是针尾鸭，远离岸边的野鸭最先做出威吓的姿势，然后逼近岸边，来到距离猫数十厘米处，伸长脖子挑衅。逃得最远的是斑嘴鸭。它好像因为自己一惊之下逃得太远而感到羞愧，再加上怒火攻心，因此激烈地鸣叫着。猫还不死心，不愿意离开。

屈辱、自尊或者逞威风的欲求，即便在这样的生物身上也可以看到。而为了使其平息和冷静，可以尝试各种手段：怒骂、哭泣、讽刺……人和其他生物都一样啊。棚这么想着。

数日后，鹏带着身体略有好转的火星，在那一带散步。忽然火星止步不前，用鼻子凑近地面。棚一看，地上散乱着几片羽毛和小树枝一样的物体。数秒后，她才意识到那是鸟的骨头，如果已有时日的话，曝晒在空气中，应该泛白而干燥。那骨头两端稍稍鼓起，半透明，带有一种新鲜的光泽。多么诱人的色泽啊！棚有点感动。火星被吸引也是理所当然的。

也许其他部位被搬到别处去了吧。或者是乌鸦吃掉了其余部分。

你终于成功了！棚这么想着，她还是保持中立，并不偏向哪方。

长椅周边也会发生这样的故事啊！听说狗吃鸟的骨头对身体不好，当时棚强行拖着恋恋不舍的火星离开了那里。

棚并不关心周围来来往往的狗，看着几秒下蹲一次的火星想：当时的火星还是一条健康的狗。动手术就能恢复健康吗？还是会再也站不起来了呢？

回到公寓前，母亲正在修整盆栽。她发现了棚和火星："啊，回来了。"

"回来了。"棚径直走向自行车停放处，想给火星穿上纸尿裤。她寻找放在自行车后座上的塑料袋，却不见踪影。

"那里有一个塑料袋吧？"棚回到母亲能看到自己的地方，询问道，"那里有火星的纸尿裤呢。"

母亲有些意外，忍俊不禁地说："啊？原来那是纸尿裤啊。"

棚有点恼火："是啊，万一拉在走廊和前厅，就不好了，所以穿着纸尿裤走到这里的呀。"

"我还以为是垃圾呢，等一下，"母亲朝着垃圾放置区走去，马上拿着塑料袋回来了，"她还穿纸尿裤啊。"

"这样不会弄脏房间，房东你也乐意吧。"

母亲不知道在想象什么，又笑了起来，而且一发不可收拾。

这个人，总是有点与常人不同。棚这么想着，默默从塑料袋里取出纸尿裤，给火星穿上。

六

医生要求，火星手术当天从早上开始不进食，直接去医院。那天，棚有一个工作会议，所以钟二前一天住在她家，早上用车载上火星，带到做手术的大学附属动物医院。棚说：“如果我抓紧时间，应该来得及的。”

钟二回答：“我带它去。反正都在大学里，那天我十点开始上班。你也放松一下。你有点异常啊，眼睛下面都有黑眼圈了。”

听他这么一说，棚开始意识到在这着魔似的几天里积蓄的疲劳。

“那么，就拜托了。”早上，棚对带着火星出门的钟二说。忽然一下子感到全身乏力，连送他们去停车场的气力也荡然无存。

本以为纸尿裤是上天恩赐的得力助手，第二天早上一看，火星（也许由于厌烦了，在晚上）用嘴撕碎了纸尿裤，周边散落着小珠子一般的半透明果冻状的高分子聚合物。棚打扫以后，担心火星在手术前胃里留有异物的话，会有问题，因此带它去了常去的动物医院，进行了拍片检查。在忙乱中，一天匆匆而过。第三天早上，谢天谢地，它还穿着纸尿裤，但是在带它去散步的半途中，刚来到一楼，火星焦急地想要冲出去，结果用力过猛，纸尿裤里超出吸水容量的高分子聚合物四处散落。最终再现了前一天早上同样的情况，只不过场所不同而已。而且这里又是其他居民共同使用的空间，棚心急火燎地打扫干净，结果比前一天更紧张疲劳。

钟二带着火星出门后，棚打算躺下稍事休息，却沉沉睡去了。半梦半醒之间，忽然觉得好像睡在中国小巷里的民居的二楼。躺在黄铜的高床上，竖长的法式落地窗全部开着，窗帘随风摇曳。起身向外望去，凹凸不平的细石子路蜿蜒曲折，两侧排列着民宅。

棚忽然被电话铃声惊醒，一看已经快中午了。电话是钟二打来的。他在电话录音里留言了：已经顺利把火星送到，马上要开始手术了，傍晚我去听一下手术结果。火星要住院三天，三天后，去医院接它。

“中国小巷民居二楼的梦”的起源是，住在楼上的中国人在拉胡琴。他好像是教中国弦乐的老师，除了胡琴，也常常教学生其他乐器。这些情况她并未直接听说，只是听乐声来判断的。乐器老师也曾两三次对棚默默点头招呼，基本无话。他拉的胡琴充满异国情调，总令棚有一种异样的感觉。对老师唯一的印象是本人十分消瘦，总是穿着黑乎乎的衣服。但是他的乐声既丰富又细腻，一不留神，已经悄悄渗入棚的私生活和感情世界的每个角落。

在如此悠扬却渗透力强的胡琴声中，棚匆忙准备了一下，赶到附近的咖啡屋赴约。咖啡屋位于距离棚的公寓两个街区的居民区内，面向路边，咖啡屋的凉台笼罩在高大的楠木下。这里允许带狗，所以棚在散步途中常常来此喝茶。最近好久没有那么悠闲了。

“好久不见。”店主登美子看到进店的棚，从柜台后面打招呼。

“真的好久不见了。”

“嗯？火星呢？”

可以预见，如果开始解释，结果就会多费唇舌，筋疲力尽（而且事情还没有结束）。棚刹那间有点犹豫：是现在说，还是今天姑且糊弄过去？看看店内，约好的人还没有来，便下了决心。

“其实它现在这个时候正在做手术。”

“啊？”

棚对吃惊的登美子简要地说明了情况。

“啊，那可真是令人担心啊。真可怜！火星还是单身吧。”

“是啊，我经常听说，这样的狗年纪一大，子宫就容易出问题，最好尽早做手术摘除。”棚一听登美子提到“单身”这个词，就不动声色地先发制人。

“其实还想要孩子，怎么也下不了决心，犹犹豫豫之间……”

棚发觉登美子忘了对答，那过分充满理解的眼睛深深凝视着自己，不由得慌了阵脚。以防万一，她半开玩笑似的确认：“啊，我说的是火星。”

登美子用她特有的半开玩笑半认真的方式，机智地点点头：“……我懂的。”

“那就好。”两人不由轻笑起来。

这个咖啡店是登美子离婚后用父母的房子改造而成的。登美子是棚初中、高中和大学的学姐。不过，两人相差六岁，当时几乎不认识。棚也是在光顾这家咖啡店后，有一次偶然知道的。

不久，约好的河濑编辑出现了。登美子端来棚和河濑点的红茶，便消失在柜台后。

河濑向棚提出了几个校样中发现的问题，结束后，开始了新的话题：“现在正在策划一份新的旅游杂志，需要人去非洲。”

“嗯，好像很有意思啊。非洲的哪个国家呢？”

河濑一边递过计划书，一边回答：“其实是乌干达。”

面对这出乎意料的答案，棚平淡地回答：“啊。”接过企划书，当时该话题就此告一段落了。棚以前在非洲生活过，也由于片山海里的关系，最近有点兴趣。

河濑回去后，棚独自留下了。登美子来收拾红茶杯。棚告诉她：“下一个工作是在非洲。”

“说起非洲，”登美子说，“前一阵子，店里捡到了失物。那个不是你的吧？”说着，去柜台后面拿出一本书来：“是这个。”

棚一看不由得惊呼道：“我的确在找这本书，但是不可能啊。”那是片山海里写的《非洲民间传说》。

“这本书是放在凉台盆栽旁边的，我不常打扫那边，所以也不知道什么时候放在那里的。我猜想来这里的顾客，喜欢看这类书的，应该是小棚了吧。”登美子看似有点为难。

棚的头脑有点混乱。她记得的确购买了这本书，但是现在无影无踪。也有可能，别的顾客偶然也买了这本书，在这里阅读后遗忘了。但这本书并不是什么畅销书，能碰见的概率不高。

“凉台盆栽的旁边”，是棚独自一人来这里时，固定使用的座位的旁边。有人在那里随意地放一本书也很自然，因此登美子这么推测也情有可原。

“我也不知道究竟是怎么一回事，这本书暂且寄存在我那里吧。如果书的主人来找书，马上就归还给他。”

登美子点头同意，随即又说：“不过，我还是觉得这本书是你的哦。”

“话说你要去非洲哪里？”

啊，棚忽然被拉回现实来了：“好像是乌干达。”

“乌干达。”

登美子的声音忽然低沉下来。棚想：大概最近乌干达残酷的内战被频繁报道，所以负面印象很深刻吧。

“我有朋友由于非政府组织工作的关系在乌干达。”

“啊？是吗。”

“乌干达是棚以前去过的肯尼亚的邻国，对吗？”

“对，那时没有去乌干达。”

“路上小心啊。”

“不，还不知道是否真的要去。”

“肯定会去的。”登美子脸上浮现出神秘的微笑，送棚出去。

棚离开咖啡店回家后，细看企划书。渐渐地，登美子的话似乎越来越真实了。

乌干达是位于非洲最内陆的国家之一。如同非洲大地反反复复地聚合融会在此一般，这里充满了各种民族矛盾与纷争。但与此同时，她又是被誉为“非洲的珍珠”的美丽国家。长久以来，人类对大地做了什么？大地又对人类做了什么？我们要采访现今的乌干达。企划书里是这样写的。然后，棚拿出登美子寄存的（棚自己这么认为）《非洲民间传说》，随意翻了几页，发现不少故事是在“乌干达 × 部”收集来的。乌干达位于比肯尼亚更内陆的位置。片山海里在肯尼亚之后又到访了乌干达，也合情合理。不过，这种巧合到底是什么？

这样的事在棚的身上屡见不鲜。围绕棚周围的原本各自独立的事物，会同时发出同样的信号。话虽如此，并不是所有的巧合都具有意义。在自己几十年的人生里，她早已领悟到了。在此试图寻求不必要的解释是有点愚蠢的。把所有的一切当做有趣的巧合，享受吧。棚一直是这么想的，但这次的巧合实在是……棚觉得有些眩晕，不由闭起了眼睛。

她振作精神，继续看夹在一起的资料，电话铃响了。是钟二。医生告诉钟二：火星的手术虽然花了点时间，但总算顺利结束了。有一部分深入骨盆内侧的肿瘤未能完全清除，但不是恶性的，所以应该没问题。

“总算没有输血。在我看来，医生给人感觉很好啊。”

“我也这么觉得，如果在其他情况下，可能会有不一样的印象。”

棚怔怔地想着：人与人的关系，根据场合而不同，像是万花筒一般变化无穷。

“刚才来的新工作是有关采访非洲的。我读着资料，有点想接受这份工作了。”

“……是在哪里？”

“乌干达。”

“乌干达？”钟二的声音如同一声惨叫，“开什么玩笑？那么危险的地方！绝对不行。”

听到他强硬的话语，棚皱起了眉头：“你不希望我去，这是你的自由。这当然不是命令吧。”

“不是命令。我只是在陈述自己的意见。”

“我考虑一下。”

“好好考虑一下。……一定要。”

但是，棚心里清楚：估计自己不会考虑那样的“意见”。就棚和钟二的关系而言，最终这才是“正确的”选择。钟二爱的是，不会为了男人而改变“自己的生存方式”的“坚强”的棚。钟二只是没有控制住自己的感情，随性地发出感叹而已。为了让他平静下来，棚利用编辑部给她的资料，尽可能地解释现在是如何的“不太危险”，传递令人安心的正面消息。然后又说：“无论去多么安全的地方旅行，也会发生意外事故。即便在日本，在家里，也同样。反之无论去多么危险的地方旅行……”念佛一般地反复重申这样陈腔滥调的宿命论，这是棚“能够为钟二做的事”，这样的仪式持续了数日。

而对母亲，说一次就可以了。母亲知道棚对自己决定的事情一定会付诸实施，因此并不耗费不必要的气力，进行反对或悲叹，只是轻轻地叹息道："你真是的……反正我说什么你也不会听。"

棚内心决定接受这份工作，但还未告知对方。她忙于补上照看火星时落下的工作，三天时间转瞬即逝，回过神来已经到了去迎接火星的日子了。

七

当天清晨，天色微明时，针尾鸭的叫声传到棚的卧室，似乎特别的悲伤。棚在半梦半醒之间听到，随后好一阵子不能从鸣叫声中释怀，结果完全清醒了。

以前每天带着火星散步，但这几天火星不在家。野鸭不降落到池塘上，估计大部分已经开始迁徙，飞向北方了吧。剩下的野鸭少得屈指可数吧。出征的野鸭的呐喊声中却毫无霸气。

野鸭是出于什么理由推迟迁徙至今呢？鸣叫的野鸭是否就此出发了呢？还是今天也放弃了呢？叫声听上去十分悲伤，那是踏上旅途的野鸭对留下的同伴们发出的叫声，还是被留下的野鸭对离去的同伴们的叫声呢。那声音饱含着催促与放弃，抑或是恳求与放弃吧。

棚沉浸在思考中，泡了红茶，开始准备去动物医院迎接火星。一想到又要见到那个兽医，心情就轻松不起来了。不过，即便抵消了一些好心情，可以再次迎来火星回家也仍令人感激。

早上晨霭笼罩，随着太阳升高，渐渐露出了万里晴空，这简直是五月的晴空。五月虽然还早，但不觉已到了四月。棚下楼梯时，正巧与刚刚回来的楼上的中国人擦肩而过。棚如同往常一般沉默着点头示意，继续走下楼梯。

“那个……”背后的中国人忽然说话了。

“是。”棚扭头回答。

“那个平常都在的……怎么了？”声音沙哑却低沉。

日语发音流利，虽然只是寥寥数语，但棚明白了他的意思。

“是狗吧。做了个手术，住了一阵子医院，不过今天出院，我现在去接她。”

“……啊啊。”中国人那毫无表情的脸上忽然浮现了笑容。

棚也报以微笑，点点头离开了：“那么再见！”

虽然中国人没有说安慰的话，棚却觉得又多了几分勇气去迎接火星了。

到达医院后，停车场只剩一个车位了。把车停好后，在前台登记，然后来到等候室等候。患有各种疾病的各种猫狗与主人们也在此等候。棚深深觉得：能随意听着别人谈论动物，或者自己也参与对话，这里也算是一个重要的交流信息站了。

约莫过了半小时，诊察室的一扇门打开了，叫到了棚的名字。棚答应后站起来，进入诊察室。那个兽医和助手转向棚点头示意："啊，你好。"也许是由于上次的电话，隐隐觉得助手的态度有点紧张。棚也打了招呼。

"想必您也听说了，这次没有全部切除。我尽了全力，但是由于在骨盆深处……更进一步手术的话，今后可能会无法站立，而且这个肿瘤并不是恶性的，所以我放弃了。术后恢复情况很不错。"

棚已经了解了和这个兽医可以进行的交流层面，她想：只要获取需要的信息就行了。于是她降低要求，以"谨慎的姿态"询问："饮食方面有需要注意的吗？"

"根据年龄吃相应的东西就没问题吧。"

"就是卡路里不高的老年狗的狗粮吧。"

"对。"

棚本想就此结束提问，还是不由得脱口而出："那究竟是什么？那个‘瘤子’？”

兽医几乎是条件反射似的漫不经心地回答：“废物长期累积造成的结果吧。”

棚的问题是那个“废物”是什么。估计兽医没有准备好跟外行人说明这样专业的东西吧。棚已经体会过了对兽医的愤怒和失望，因此马上死心了，不再继续追问。兽医无法理解棚想要知道“那个东西的实质”的需求，或者也许他觉得这是过分的要求。即便棚弄明白了，对病狗也毫无益处，因此没有必要特别花费时间进行说明。通过手术，无用（对于维持身体机能来说）的肿瘤大部分被摘除了。这就是全部的事实，进行深入的说明是不包括在他们的服务内的。甚至棚自己，对于试图刨根问到底的自己感到匪夷所思。

棚已经预见了在她执拗的反复追问下，兽医会这样反应。棚心里清楚：应该自己主动停止问话了，这是“孩子气”的耍脾气。但她却不想发动理性来克制住。即便勉为其难地问了个明白，估计答案是蛋白质啊脂肪等种类和组成。知道了这些又有何用？

她真正想知道的不是这个。想要知道的欲求疯狂地踩着油门，可是前进方向却不对。要重新扳正方向盘。

棚暗自劝说着自己。不知何时消失的助手从里面的门带着火星出来了。火星发现了棚，眼角低垂，全身充满喜悦，跳跃着挨蹭过来。棚也抱住火星的脑袋，夸奖它：“你很努力了，对，很努力了。”

兽医也微笑着说：“十天后拆线。可以就近去常去的动物医院。”

棚回答：“好的。”然后带着火星走出了诊察室。在前台拿到病历卡，到一楼进行了支付。金额高昂得令她吃惊，她又刷了信用卡。

走出医院大楼，上车前，棚带着火星在校园散了一会儿步。火星不像以前着了魔似的迫不及待了。她的确还下蹲，但并不频繁。火星的身体似乎还一时改不了最近养成的习惯，但没有迫不得已的感觉，显得从容不迫。不过，还是要当心。棚注视着火星脑袋的后部，怔怔地想着。

“太好了，反正已经不用再去那里了。可以在大山医生那里拆线。”回家后，在和钟二的电话里，棚告诉了他，“不过，住院费、手术费、检查费加在一起，不得了啊。”然后，棚告诉了钟二支付的总额。

一如往常钟二吃惊时的习惯，他倒吸一口气，然后低低地挤出声音说："……跟我一个月的工资差不多啊。"

"也许当初买了保险就好了。有这样的狗的保险，以防产生高额医疗费。"

"现在买吧。"

"已经没事了吧。"

"是吗。对了，乌干达，还是别去了吧。"

"又是这个话题?"

棚对近日每天重复的这个话题感到无奈："啊，对了，片山海里好像也去过乌干达呢。我翻了翻民间传说的书，很多故事的收集地是乌干达。"

"哦！啊，对了。我忘了说了，我以前提到过的他的那本精灵附体的书，放在起居室沙发旁边了。你不在的时候，从包里拿出来，忘了告诉你。这里的实地调查很多也是在乌干达进行的。"

棚正巧坐在"起居室的沙发"上，看了一眼沙发边上常常堆放未看完的书的那一角。在书堆里的确有一本封面颜色陌生的书。她伸手取来，感觉自己的手对出乎意料的厚重吃了一惊。

"找到了……《非洲传统医学的记录》……这个？相当厚

啊。”棚一边问一边看书的封底。

“对，是那本。”

“好像刚才我一直在说钱的事，这价格真是一般书籍无法想象的贵啊。”

出版社是他以前工作过的大学的出版社。

“不标这么高的价，会亏本吧。印刷册数不满五百本。反正需要的人一定会买。”

“书上说是集大成……这是什么？”棚以为是论文的形式，但出乎意料地竟然是冗长的笔记一般的内容，一页分为上下两段。她不由得带着质问的语气问钟二。

“你问这是什么？这是访问了巫医和信奉者的实地调查的集大成之作啊。”

“这……粗略一数，也有一百个事例吧。”细看的话，应该更多。

“所以我不是说了吗，集大成。不是吗？”

“采访了一百个巫医吗？”

“对，就是这么回事。”

这是怎么一回事呢，光想想就令人眩晕。

“与其说是精灵附体，不如说是精灵信仰。不过，他自己几乎没有进行分类或推论吧。”

“因此，他本人还不想出书吧。这只是写论文前的资料整理阶段。你可以读一下前言。”

棚翻开第一页。原来如此，前言是由已故作者的几个朋友写的追悼文。大意为：如果这个实地调查没有任何成果，就此湮没的话实在太可惜了。

“……是啊，是这么写着。不过，没有必要出书吧。”

“读着读着，你就一定会明白理由的。然后，你会再给我打电话的。”

挂了电话后，棚花了不到一小时阅读这本书。与其说是阅读，倒不如说是粗粗浏览。终于，棚对于冗长的篇幅和漫无边际的内容忍无可忍，打开了电脑。片山所说的“传统医学”，她必须按自己的方法进行分门别类。她还连一半都没读完，但如果不一边进行归类整理一边阅读的话，根本无法读下去。

① 生药调配师。询问患者症状后开出相应的药方。药理知识来自父亲、祖父母等的传授。

② 神灵感应生药调配、生活指导师。通过梦境与精

灵，调配生药，指导患者做应做之事。

③ 神灵感应魔术师。为了让患者害怕和敬畏精灵，用魔术（?）移动物品，使物品消失或说话。从患者身上取出各种东西，将它们认作病因。对患者进行保护，防止中他人的巫术。

④ 巫医。自称通过巫术杀过人，人们也这么流传。主持献上供品的仪式。

从②开始与精灵相关，而被分类为“巫医”（witch doctor）的应该是③④吧。很多具体事例中，②以上都能自由自在地发挥“下层”的能力（但无法达到“上层”的能力。比如，②不会成为③④，③不会成为④），整体互相混杂。但也有不少①“传统医”可以毫无疑问地被称为香草师，完全跟精灵无关。

书里一般大致记录了地名、传统医生的名字、年龄、性别、擅长的治疗领域，之后记录了片山海里和医生的一问一答。

棚开始阅读后，马上注意到了以下的记录。

“达巴是什么?”

“达巴是一种病状，同时也是引起这种病状的事物本身。”

“是什么样的病状？”

“持续地产生尿意。因此身体倦怠，无心做事。想要排泄出身体里的一切。”

“这种病状是如何引起的呢？”

“由于达巴侵入了体内。它是拳头大小的黑块。”

“达巴是怎么侵入体内的呢？”

“有人进行了祈求。我不能说放进体内的办法，我只负责治疗。”

“怎么进行治疗呢？”

“用刀在身上割一个伤口，把药揉搓进去，达巴就会出来。”

“怎么做这个药呢？”

“用生长在灌木丛里的某种树根，晒干后碾成粉末。”

有较多的传统医生提到了这个“达巴”的症状和原因。当然棚是出于火星的缘故，对于这段记录特别在意。治疗方法不尽相同，是由于医生各自出身于不同地区的部落吧。棚饶有兴趣地读着。

片山海里在进行访谈后，又请部分传统医生讲述了当地的民间传说。笔记一般的记录令棚一开始以为：“啊，这是《非洲民间传说》的原型吧。”但似乎又不是。考虑到时间顺序，应该在《非洲民间传说》完成搜集、撰写、出版之后很久吧。

“一个村子里住着一对夫妻。她们有一个孩子。这个孩子出生时就紧握手掌。如果强行扳开手掌，会发现里面有一块黑石子。手握石子伸进石缸，石缸就会变成溢满了水的水瓮。邪恶的邻居开始打坏主意，把夫妻俩骗到村外，企图偷走孩子的黑石子。孩子大声啼哭。邻居怒气冲冲，斩下了孩子的手。孩子死了。夫妻回来一看，伤心欲绝。邻居把黑石子扔进自家石缸。石缸中不断溢出水来，始终停不下来。不久村庄被水淹没，成为湖泊。村里人到如今还在水底，不过他们自己没有觉察而已。”

“从前有一头牛会讲话，它的主人不知道，因为照料牛的牛倌故意不告诉牛主人。一次，牛说：下次下雨的时候，这里会被河水淹没。牛倌让牛主人快逃，牛主人却不相信他的话，因为牛倌一直没有说出这是牛的预言。当夜，牛倌带着牛群趁着夜色逃走了。然后下雨了，突然出现了河流，牛主人被冲走了。于是，牛群和会说话的牛都成了牛倌的了。不久，会说话的牛露出恶魔的真面目，开始任意使唤牛倌。但是，牛倌得知了恶魔的秘密，于是局势扭转了。之后，故事情节一波三折，最后恶魔和牛倌都精疲力竭，彼此分开了。”

“有一个技术高超的吹笛者。他一吹起笛子，死山羊啊死牛啊都会复活。因此，在吹笛者住的村子里，家畜不会死，越来越多了。听说了传言的国王把吹笛者叫到宫殿，希望他能让自己死去的母亲复活。吹笛者拒绝了。愤怒的国王杀死了吹笛者，夺走笛子，来到放置母亲遗骸的荒野。他开始自己吹笛子。于是，从遗骸下溢出了水，遗骸变成了一条瘦骨嶙峋的鱼，国王也成了一条鱼。”

与《非洲民间传说》一般，谈不上劝善惩恶，只是毫无章法地罗列着没有意义的故事。这种“毫无章法”却渐渐吸引住了棚。

不知不觉间，她听到水滴不断打在树叶上的声音。外面好像下起雨来了。对了，低气压正在来临。天色已微明。

棚起身来到厨房，煮上水，透过窗户借着公园路灯的光亮看看雨势。要带火星去散步，雨势的大小是棚常常确认的事项之一。

也许应该就此早点去散步。雨一定会越下越大的。现在睡下去，肯定下午才醒。棚预见了自己的疲劳程度。

棚从厨房窥探在起居室睡觉的火星。只见她把一边的脸颊搁在前爪上，侧着脸睡觉。棚有时会见到火星由于手术而剃了毛的肚子上用订书机（似的东西）钉住的大大伤疤，棚每次见到都不由得一惊。不过，手术过后，那如同附体一般的排泄欲望隐去了踪影。

刚才火星微微睁眼，看了一眼来到客厅的棚，尾巴在地板上拍打几下算是打了招呼，马上又进入了梦乡。以前的话，它会站起来热烈欢迎棚。

它也老了。棚这么想。可是，也许是出于某人的意念，类似“达巴”的东西进入了火星的体内呢？也许火星全神贯注地观察每天在家工作的棚的心情变化，所以成了棚的替身，接受了原本应由棚来接受的“达巴”。棚自己不记得得罪过人，但很有可能只是自己没有印象，其实无意识中触犯了别人。棚不清楚那种“怨恨”是否具有如此巨大的力量，也不太相信。但由于受到刚才读的书的影响，不知不觉中形成了这样的思路：谁会成为谁的替身。

不过，她不明白世上之事是如何相关或者互不相关地发生的。

片山海里的实地调查往往把疾病或不幸事故的原因归结为某样邪恶力量在作祟，把它去除后就会得到好结果，招来幸运。这似乎是人生的基本力学流程。

不过，也有一个传统医生在访谈时说道：把“达巴”诅咒给他人的人，他的心理状态也是“达巴”。“达巴”是原因，是症状，也是结果。如果一切都几乎同时发生，那么也许追寻因果关系也是徒劳的。

雨淅淅沥沥，无休无止。

还是决定带火星去散步！棚站起来，想到火星的伤口，从储物柜里取出许久未用的狗雨衣。

这样就可以保护伤口不碰到雨水了吗？棚有些怀疑。从“保护”一词联想开来，一瞬间，片山对传统医生的访谈中常常出现的“施加保护”一词掠过脑海。

“施加保护”最常用的手法是，在身体上切开一个小伤口，边唱诵咒文，边把事先进行过清净仪式的灰搓揉进伤口。传统医生主持仪式，委托人本人向精灵供奉山羊或鸡等供品，精灵会给委托人施加保护。供品对于自己越宝贵，得到的保护就越强大。书中的确是这么写的。是基于这样的理论吧，根据牺牲代价的大小，来推算替身的价值。

“保护。”棚轻声低语，说出这个词。片山海里对自己进行的保护没有成功吧。

听到棚拿起散步用的狗绳，火星马上苏醒了，摇摆着尾巴凑近来。棚给它穿上雨衣，戴上狗绳，拿上伞外出了。

往常这时候，天空应该开始泛白了，但今天雨云笼罩天空，她们仍需凭借路灯的亮光行走。棚放弃了走向池塘的路线，沿着公园的外圈道路散步。她们来到池塘一边，只见池水满溢，形成小河，向外流出。棚觉察到水声轰鸣，出乎意料的震耳。这样的雨量，这样的小河以前也曾发出过如此震天的水声吗？对了，以前学校曾说过下雨的时候不要去河流附近。棚的思绪飘远了。平时这里有来往的车辆和行人，因此从未听到过这么大的声音。

水声隆隆，黑暗中看不真切，但正因为如此，隐约可见的湍急水流令人感到魅力无穷。棚着了魔似的停下了脚步。

她茫然地看着水流，蓦然发现片山海里书里记录的民间传说都是与洪水相关的，然后，不由得失声叫起：“啊！也许……”她想起一个问题，在脑海里挥之不去。

她匆匆忙忙结束了散步，回到公寓。她用狗的毛巾擦拭火星的身体，喂食，然后做好散步后的整理工作，再次仔细研究片山的著作。

正如棚所料想的，有的传统医生讲述了民间传说，有的传统医生没有讲述。被讲述的民间传说都是有关洪水的，而且讲述关于洪水故事的传统医生不约而同地在此之前都证实过“达巴”。

这是怎么回事？片山海里为何只要求提到“达巴”的传统医生讲述有关水的民间故事呢？

或者是自然而然地这样做了？如果是这样，片山不可能没有发现这个巧合啊。

棚的睡意消散了，不过既然片山已经不在人世，就无从考证了。棚决定暂且上床睡觉。

雨中，世界一片昏暗，睡眠也在昏暗中肆意迷走。在梦境里，棚正要从内罗毕到维多利亚湖。

红色巨石延绵不断。这里人迹罕至，甚至连动物也不见踪影。但是，天黑前必须赶到维多利亚湖。步行是无法抵达的，即使在梦里她也清楚这一点。她在等待可以搭车的轻型小卡车。但是，左等右等，始终不来。太阳并不灼热，但是皮肤却如同炙烤般刺痛。于是，她试图寻找背阴处，来到周边最大的岩石附近。她转到岩石背后，那里已经挤满了无数当地人。他们好像在进行集会。

此时，棚苏醒了。

那不是现在的非洲，也不是棚所见的非洲。那她究竟去了哪里呢？

雨势比早上更猛烈了。幽幽的胡琴声在雨声的间歇中流淌而来。平时棚完全不介意，但钟二听到后总是心生厌恶。往往是钟二皱眉抱怨："好烦。"此时棚才注意到胡琴声。

棚起身，来到书房，开始撰写即将截稿的小栏目稿件。数小时后，等她抬头一看，已经时近黄昏。今天是不合常规的一天。

雨没有完全止住，只是稍事休停。棚想带着火星去进行下午的散步，也顺便报告一下手术顺利完成的消息，于是一起来到登美子的咖啡屋。

在门口屋檐下，棚脱下雨衣，让火星抖落身上的水珠，拿着手头的毛巾简单地擦拭后，打开了门。登美子已经透过门上镶嵌的玻璃看到了他们，她展露出比平时更灿烂的笑容迎接她们："欢迎光临！"

她凑近蹲下抚摸火星："火星，你受苦了啊。"

火星也伸出一只前爪回应。

“啊啊，手术的伤痕……你受苦了啊，是吧。”

火星用身体蹭了蹭登美子，好像在回答她的问题。登美子抚摸火星，然后对正想把雨衣收进塑料袋的棚说：“把那个给我。”言毕，她站起身来，拿出一个原本是儿童用的衣架，把雨衣挂上，又挂在墙壁的钩子上。

“这样挂起来的话，回去的时候就干了吧！”

“谢谢！”棚落座后，火星老实地伏在椅子旁的地板上。

“昨晚我读了一整晚的书。然后，早上带着火星去散步……结果一看，镜川不得了了。”

登美子点点头：“我也看到过那景象。”

“早上雨下得也不大啊。”棚说道。

“啊，昨天半夜大概一点半吧，雨下得很大。你没觉察到吗？”

那时，棚正好沉浸在片山海里的书中。

“没有。是吗……所以这样啊。”

“你喜欢花茶吧。”登美子确认后，回到吧台，继续说：“这也是受了全球变暖的影响吧。现在在乌干达，由于局部地区暴雨肆虐，引发洪灾，很多人不得不避难。”

“嗯？”又是洪水！棚一惊之下，不由得抬起头。

“这是我以前跟你说过的那个在乌干达的熟人，在电子邮件里告诉我的。棚，你去乌干达工作的事，到底怎么样了？”

“我还是决定接受这项工作。不过，那洪水是……”

“据说由于暴雨，河水泛滥。那是有史以来罕见的大暴雨。河水流到由于内战而荒芜的土地上。”

“……”

然后，登美子端来花茶，问道：“什么时候去乌干达？”“这个秋天。”棚回答着，模糊地思考着：好像自己的一半已经被带到乌干达去了。

回家后，棚写完剩下的稿件，用传真发到出版社。正想开始吃饭，电话响了。是钟二。“怎么样？”钟二的问题没有主语。“什么？”棚不由得反问，但马上意识到他说的是片山的书。一瞬间，今晨的兴奋感又恢复了。于是，棚热切地聊起了“达巴”和有关洪水的民间传说之间的关联性。

“啊，我没发现啊。不过，读着读着，渐渐感觉阴气森森。一开始觉得那是由于当地巫师们的语言，不过现在又觉得那是片山自己发出的讯息。我一直挂念着，这样的东西留存下来了，一定要做点什么。”

“不过，他的苦心没有就此白费，能正式出版，并非易事。因为即便策划幸运地通过了审查，但校对校样的编辑想要确认细节或疑点时，作者却已经不在人世了。”

“嗯，他具有克服一切困难的神力。我觉得你一直很在意‘达巴’跟火星的症状十分相似这个事实。”

这也是一个原因，也的确“在意”。只是仅凭目前掌握的情况，无法了解整个事态，无法明白自己身边究竟发生了什么。

“是的，不过我也还不太明白。”

八

原本估计还迟迟不会绽放的公园的樱花，这数日间竟然一下子盛开了。对于长年居住在此的棚来说，从未目睹过樱花如此急剧的变化。数日前，花蕾不但没有绽开，而且紧紧包裹在与树干树枝同样浅褐色的外皮中，一副严冬瑟瑟的景象。但如同将定点摄影的镜头快进了一般，通常需要花费数周时间发生的变化，在短短一天的上午和下午内就成就了。反季节的太平洋高气压急剧地膨胀，结果把冷锋推了上来。

棚打开窗，樱花花瓣大片地飘进室内。火星黑黑的鼻尖上也停落了一片，它的眼睛挤成了斗鸡眼，挣扎着要把花瓣取下。棚在半透明的薄青瓷小酒盅里注上冷酒，在零落飘散的花瓣雨中，大白天就开始享受阳台上的悠闲一刻。趴在一旁的火星身上也慢慢聚积了花瓣。到了傍晚，樱花在深深浅浅的紫色阴影中渐渐隐去了。这每分每秒变化无穷的美景，令人目不转睛。之后，夜幕降临，在月色的映照下，苍白的樱花看上去阴气森森。

这样的樱花时节，棚面对美景，一天会喝三次酒，于是她决定一次最多喝两杯。这点量对工作和日常生活不会有影响。酒精可以模糊清醒领域的边界。对于棚来说，“赏樱花”是跟樱花一对一的正面较量，是在彼此的边界上开展的真格决斗的游戏。这才是“赏樱花”的精髓所在。因此，这个时节，她不接受缺少了这样精髓的酒宴的邀请。

在附近的动物医院，火星做完了术后的拆线。大山医生毕业于火星做手术的动物医院所属的大学，因此了解手术室的情况。她看到不必要的巨大伤口，欲言又止：“啊，这么……”继而沉默了。然后看到跟原本的伤口毫不相关的地方，斜斜地切开的十厘米伤口，低语道：“这究竟是……”虽然她没有明说，明显是主刀医生的失误。而且，缝合伤口的订书钉一样的东西间隔互不相同，有一些杂乱无章地斜嵌入肉里。助手为了取出订书钉而大伤脑筋，最终大山医生让人取来钳子。如果火星明显痛苦不堪，或者伤口化脓，棚一定会焦急愤怒。但火星很精神，因此棚带着近似苦笑的表情，叹气道：“因为学生要练习手法才能进步啊。”

她并不是在讥讽学生，出于对一贯疼爱火星的大山医生的信赖和放心，不由得抱怨了几句。不管怎样，手术已经结束了，学生为了成为老练的兽医，必须积累经验。虽然想竭力避免成为手法生疏的学生最初的执刀对象，但终究有人要成为第一个。而且，学生们也明显没有造成致命的失败。话虽如此，显而易见，棚的怒火比她自己意识到的更强烈。大山医生似乎觉察到了这一点，有点为难地侧着头，安慰棚："总之，恢复情况很顺利。伤口也很平整。"

离开动物医院后，在回家途中，棚和火星来到公园的池塘，时隔许久又见到了常常遇见的狗和主人们。虽然不少人只是来此散步时顺便赏花，但出入公园的人脸上都带着兴奋，对樱花的痴迷显而易见。

"啊！已经好了吗？"每当擦肩而过，都会有人问。手术后，为了防止火星舔伤口，好一阵子，火星的脖子上都绕着一个喇叭状的塑料板，俗称伊丽莎白圈，散步时非常引人注目，如今摘掉了，却意外地受到他人的祝福，祝贺顺利康复。"嗯，让您担心了。"棚微笑着，火星摇摇尾巴应答。有的狗以前做过同样的手术，棚和狗主人交流手术后的恢复情况，互表同情，这些稍稍花费了一些时间。这期间，樱花依旧不断地飘落下来。

棚一边仰头欣赏，一边说："这是一年里最明媚舒畅的季节啊。"

"是啊。"

但是，好景不长。棚悲哀地预感到。因为她能切实地感到沉闷的头痛的萌芽。前线在开始移动。

池塘里仍有几只来不及回到北方的野鸭，无依无靠地游着。也许是为了减轻过胖的体重，或游泳或拍打翅膀，反复不断，无法平静下来。

回家后，棚马上吃了头痛药，以防万一。然后，她拿起放在桌上的片山海里的书。洪水啊……她想起数日前河濑编辑的电话。棚让他调查乌干达的雨季和旱季。河濑咨询了当地相关人员，据说最近无法明确定义从什么时候到什么时候是雨季了。无法预测长期的天气情况是干旱还是多雨。雨季和旱季这类季节概念在逐渐消失。据说是受拉尼娜现象的影响。他说：因此采访前要进行相应的准备。结果就是要准备应对所有的情况了。当时，棚忙于完成当下的稿件，未及细想，只是点头说："啊，跟登美子说的一样啊。"频繁出现洪灾，这不正是片山海里笔下非洲民间传说的世界吗？"达巴。"

棚轻轻说出声。不，不是达巴，跟达巴无关吧。因为达巴说的是体内的水分调整的问题吧。

“不!”棚再次否定自己的想法。忽然，脑中灵光一闪，她惊呆了，怔怔地盯住那本书。的确是，水分调整！生物的，体内的。不过，把土地本身看作生物的话，那怎么解释?

某一片土地的水分调整。

换言之，就是治水，洪灾。

……地球的?

也许片山海里意识到了这点，因此在说完达巴后，反复地插入关于洪水的民间故事，将达巴看作一个有机体的水分控制的问题。

棚下意识地取出新的笔记本，记录下几个词语。也许这将成为下一部“原创”作品的关键词。随后，她难以抑制想剪指甲的冲动，从抽屉里拿出了指甲钳。

棚有一个癖好，在写文章时，有时指甲感觉沉重，就马上取出指甲钳剪指甲。她在脑海里展开思路，心随手动，落笔写成文章。剪指甲也许是令这个过程一气呵成、不受阻碍而付出的令人感动的努力，又也许是为了把写不出文章的原因归结为其他问题，而不是能力问题。

的确，剪完指甲后，棚觉得轻便了。变得轻便了，那么自己究竟想要写什么？不是化妆品或人寿保险的广告？

棚从学生时代就酷爱写作。虽然自己也明白这不现实。如同种植蔬菜或在牧场制作奶酪和黄油，去市场上卖掉，用这些收入购买当天生活的必需品。棚也想这样卖掉自己的作品，靠这收入过简单的生活。这是棚的梦想。如同石匠制作墓碑一般，用心为某一个人书写故事。由于是度身定制，所以尽可能地满足客户的要求。在这些条条框框的约束之下，努力深入汲取他的故事，编写出书，然后自己把作品送到客户家，专心朗读，再把自己仔细装订成册的作品交给客户，由此获得报酬，购买当天的粮食回家。

棚觉得自己现在的职业已经很接近理想了。虽然不朗读，不装订，但棚凭借独特的“天线”，把客户模糊的希望发掘得更具体和深入。这种利用文章的“意识切换法”获得了一定的好评，使她拥有谋生的工作。客户订制，自己满足对方，她在这样的过程中感受到了匠人般的喜悦。

自己这么觉得，是因为已经有客户存在了吧。有人订制了自己的作品。有人需要一个故事。自己是否能胜任“某人”的工作呢？不过……棚收起指甲钳，放弃挣扎，心意已决。

故事已经开始了。

之后几天，加贺见池的野鸭们每隔数日便组成小群，出发飞往北方，最终只剩两只雄性针尾鸭了。

送走五月，迎来六月，这两只针尾鸭也毫无迁徙的迹象。这期间，也并非两只一直在一起，它们时而会分别在池塘两侧活动。然而，针尾鸭有喜好群居的天性，似乎无法忍受孤独，因此常常混迹于绿头鸭和斑嘴鸭的群体中一起游弋着。

六月的一个早晨，棚忽然心血来潮带着火星来到登美子的咖啡屋。正要进店，楼上邻居，那个中国男人正巧走出来，擦肩而过。如同往常一般，棚以眼神致意，随后稍稍张大双眼，表示惊讶。对方也似乎微微一笑。进店后，棚对登美子说："现在出去的那个人是住我们公寓的。"

"啊，是吗！他偶尔会来，但什么也不说。"登美子深深地点了点头。也许登美子内心在暗自揣测他的过往。

"他是中国人，会拉胡琴。"

登美子思索片刻后问："是二胡吗？"

被如此一问，棚才觉察到自己连二胡和胡琴的区别都不清楚："啊，是吗。我也不太清楚。"

"如果是中国人的话，应该是二胡吧。用蛇皮做的二胡。

你不觉得那乐声像蛇一样缠绕不休吗?”登美子淡淡地说，并无半分厌恶。棚甚至觉得登美子对蛇是有好感的。

“我经常听到那个二胡的声音。迷迷糊糊睡午觉的时候听到，会不知道身在何处。”

“你的公寓真是国际化啊。是吗?是中国人啊。”登美子接着笑道，“新进了很棒的咖啡豆。现在的话，你还可以喝一杯吧?”

棚尽量午后不摄取咖啡因。所以登美子才这样询问。

“好高兴啊!那么，顺便再来一份脆脆的薄吐司吧。”

“当然啦。”登美子落落大方地点头。在桌边趴着的火星眼睛忽张忽闭，昏昏欲睡。

“火星，已经康复了啊。”

“托您的福。”

登美子细致地泡着咖啡，手边弥漫开咖啡的香气。棚聊起了公园池塘里的那两只没有迁徙的针尾鸭，最近混在其他鸟群里。

“这是混群吧，真有意思。”

“白脸山雀、银喉长尾山雀、沼泽山雀等山雀类也会组群，有时候啄木鸟的同类小星头啄木鸟也会混在一起。也许是因为身体大小差不多吧。最近在电视上看到，非洲的牛羚群里也混杂着不少斑马和汤氏瞪羚，虽然它们自己都应该不知道自己属于有蹄类。”

“也许它们有笼统的同伴意识吧。”

“而且，草原上同时也有懒洋洋躺倒的狮群。牛羚似乎也知道狮子不在狩猎状态，因此都很放松。微风吹拂着草木树叶，牛羚和狮子舒服地在风中眯着眼睛。阳光下，青草闪闪发亮。这么一看，狮子也似乎是牛羚群的一部分了。”

“啊！”登美子点点头，“哪怕只是一瞬间。”

棚也点头：“哪怕是一瞬间，也好像合为一个群体了。”

登美子稍稍移开视线：“即便是家庭，也不是始终保持同样的成员。仅限于一定时期。这也许是群体的本质吧。”

棚觉得话题忽然有点跑偏了，但她并不固执地渴望回到原先的话题，就顺着说下去：“到了繁殖期，又组成新的群体，也就仅限于这个时期。啊，好香啊。”

登美子端来吐司和咖啡，放在棚的桌子上。“这是乌干达的咖啡。在那里做 NGO 工作的朋友给我邮寄来的。”

对了，登美子的确有这样的朋友，棚想起来了。“能告诉我他的联络方式吗？我出发前告诉我就可以。”

登美子点点头："我也想等你快出发时告诉你呢。不管到时联络不联络，在外国多一个朋友多一条路，多多益善吧。以防万一。"

棚说："谢谢！"接着问："你的朋友在那里做什么呢？"

登美子似乎一时间不知从何说起，有点张口结舌，随后说："一开始，他在那里种桉树。桉树生长迅速，因此在荒芜地种植了很多。但是，桉树扎根不深，只要土地稍有倾斜，地面泥泞，或者雨水稍加压力，就很容易倒下。仅仅倒下也罢了，那周边的土地就不能马上使用了，需要人手去平整。这次由于洪水，好像很多树都不行了。"

"对了，我在肯尼亚也看到了，排列着的桉树群真的不错。但那也不是野生的，看上去似乎是人工种植的。因为排列得太整齐了。"

"桉树生长迅速，形成树荫，当地人一开始很喜爱它，如今还是觉得原有的树种更好。所以现在，他培育非洲罗汉松的树苗，供给当地人。由于饥荒或内战，一旦发生什么事，山地马上就荒芜了。杂树丛被砍伐用作燃料，山地就变得光秃秃了。然后洪水泛滥……"

"原来如此。"

离开城市去郊区的话，如今也可以看到不少烧炭小屋冒着烟。在人手不足或者紧急的情况下，没有时间烧制木炭，就会燃烧砍伐下来的杂树丛吧。不管怎样，总算还有杂树丛可以烧……棚暗暗思索着。

“那么，你不在的时候，火星怎么办呢？”登美子问道。

“是啊。”

棚不在的时候，火星怎么办。这是目前棚亟待解决的主要难题。母亲一贯的态度是：可以喂食，但是坚决不散步。以往由于采访出去两三天，会请钟二住下照看火星，但要持续一周以上的话，就有点强人所难了。如果把火星寄放到宠物酒店，被长时间关在狭小的笼子里也很可怜。

登美子提出：“如果只是白天的话，我很乐意照看火星。让它在这边悠闲地睡着就好了，喜欢狗的顾客也会高兴吧。”

登美子的提议令棚喜出望外：“哇，谢谢！火星喜欢与人为伴，在这里的话，它也不会寂寞了。”

登美子微笑道：“早上散步的时候顺便带来，晚上来接一下。”

“可以这样的话太好了。问题是我母亲愿不愿意。”

“不过火星自己也可能会不愿意。我们尝试一次吧。”

棚也想到，如果自己不在身边，火星在店里表现异常，给对方添麻烦，就太抱歉了。于是她说："那么，就让我试一次吧。"于是她们决定不久之后尝试一次。

问题是母亲。棚回去时，碰巧遇上正好要出门的母亲。棚小心翼翼地提出了这件事："其实是这样的……"

"不行。"母亲立即斩钉截铁地拒绝了，"养狗的条件不是不给我添任何麻烦吗？现在你又在说什么呢？"

棚一瞬间有点恼火，但再一想：母亲原本就讨厌狗，她也有她的道理。

"不过，你之前说过可以给火星喂食吧？"棚紧追不放。

"仅仅是喂食。"母亲也不情不愿地妥协了。好，接下去只剩下来回散步的问题了。实在不行，应该可以雇人来做。相关信息可以从同样带狗散步的朋友们那里打听。棚终于舒了一口气。

原本以为那两只雄性针尾鸭推迟了迁徙北方的计划，但如今看来似乎要在日本度过夏天了。没有雌鸭留下，因此无法配对交尾。他们也好像不打算找对象，想要过群居生活的本能似乎更强烈，他们依旧跟斑嘴鸭和绿头鸭结伴同行。

可是，真正的繁殖期到来后，斑嘴鸭顺应自然的需求，在芦苇茂密处忙着生儿育女。落单的两只雄针尾鸭好像不便于总是跟随着它们了，有时候孤孤单单的。两只雄鸭原本并非约好一起留下的，关系也并不亲密，也许是发生了什么尴尬事，往往有一只在池塘对面的岸边逗留。但是，一天午后，在宁静池塘边的向阳处，棚看到一只雄针尾鸭混杂在啄食的鸽子群里。她不由得停下脚步，细看那副景象。哪怕是鸽子也好，针尾鸭竟然如此执着于待在群体之中。一开始她这么觉得，但再一细想，以前针尾鸭群也曾被人撒在地面上的食饵吸引，走上岸来，和鸽子群一起啄食。今天也许只是偶尔碰在了一起。搞不懂。也许两者都有吧。

进入七月后，夏日炎炎，留下的雄鸭在白天无精打采。常常可以看到它在离几只绿头鸭不远的地方眯着眼睛，昏昏欲睡。有一次，棚看到它实在毫无生气，于是靠近一看，见它努力睁开眼睛，才知道它没有放松警惕。的确也是。凑近一看，发现它那脏脏的翅膀覆羽也许遭到了野猫的袭击，被咬过一般，露出了羽毛梗。

啊，它活不久了吧，已经完全不能飞走了。棚的心情黯淡下来。如果它飞去北方了，下场就不会如此了吧。离开群体，就意味着增大了这样的风险。

河濑编辑联系棚说：要开始寻找乌干达当地的向导了，如果棚想自己找也可以。棚希望在采访的同时，追寻一下片山海里在当地的足迹，于是答复："也许可以找到帮手，我先打听一下。如果不行的话，再拜托你。"

为片山海里的著作《非洲传统医学的记录》撰写前言的人，在片山海里去乌干达时给他提供了各种帮助，有一段时间，他们一起在当地开展调查。由于这本书是遗作，因此前言部分着重于讲述与逝者的往事，这成为了解片山在非洲的行动的重要线索。棚本人虽然不认识前言作者鲛岛孝，但学生时代与她关系密切的学姐田崎美智子在鲛岛孝所属的亚非研究中心工作。棚打算通过她来介绍一下，于是晚上八点后给田崎家打了电话。电话响了一次，田崎马上接了："喂！"

"是田崎学姐吗？好久不见。我是山本翠。"棚报出了真名。

"啊，真的，好久不见。"

田崎的声音稍稍提高了一点。虽然是由于有事相求，但因此可以联系上这个信赖已久的学姐，棚感到高兴。她觉察到自己的声音不由地拔高了。互通近况后，棚说："其实，我今天有事相求。"

"什么事？我可以帮忙的话，请尽管说。"

“鲛岛孝先生，是在你们亚非研究中心吧，我想跟他联系一下。”

棚感到电话那端的田崎一瞬间无语了。然后田崎悄声说道：“鲛岛孝先生大约在一个月前去世了。”

这次轮到棚无语了：“啊？”

“今天我正好去参加了追悼会，刚回来。”

“……是怎么去世的呢？”

“听说是半夜从自家的楼梯上摔下来了。小翠你为什么想跟他联系呢？”

棚简单地说了去乌干达采访的事和片山海里的事。

田崎说：“鲛岛孝先生长期在乌干达的大学工作，成为了日本研究者在当地的窗口。我记得确实有一个鲛岛孝先生十分信赖的向导。我听说日本人一般都会拜托他。不过，也有人同样通过鲛岛孝先生的介绍访问了乌干达，只要问这个人，就可以找到那个当地向导了。我给你介绍那个人吧。或者我问那个人当地向导的联络方式，再告诉你吧。”

“如果不麻烦的话，请用第二种办法吧。”棚回答，“鲛岛先生应该有一段时间跟片山一起访问乌干达的巫医。两个人都去世了，真是……”

“也有人说，他的死法很离奇。说是因为鲛岛先生搜集了很多东西。”

然后，田崎说起了在鲛岛先生的研究室里看到的“令人毛骨悚然”的面具和铃铛，最后说：“非洲啊，我……”田崎打住不说了。她研究的是泰国山岳民族的语言。但她还是说：“如果有进一步的消息，我马上联系你。”棚道谢后挂了电话。

数日后，田崎打来电话。“不知怎么，还是很古怪啊。小翠，你无论如何都要做这个工作吗？”田崎压低声音说。

棚听了，不由忐忑起来：“你发现什么了吗？”

“听说那个当地向导也在半年前去世了。”

“嗯？”棚刹那间迷惑了，该如何看待这三个人的死亡呢？

“田崎你也觉得跟片山和鲛岛先生的死有关联吧？”

“他们一起去拜访了巫医对吧？如果是两个人死亡，也许可以考虑为偶发事件，但是三个人的话，互相关联的可能性一下子高很多吧？”

“有句话说：一而再，再而三。”

“小翠！”田崎的声音认真起来，“这不是开玩笑。”

“田崎学姐！”棚也认真起来，然后压低声音说，“与其被这样的推理吓倒，还是当作玩笑更好吧。”

棚觉得比起田崎，自己更认真对待整个事态。田崎的口吻中有种兴奋，也许她本人没有觉察到，那是一种追求故事的猎奇心态吧。而自己可没有那种心情和时间。

“……也许是吧。”

田崎生性聪慧，马上意识到了棚欲言又止的内容。

“那么，你是真要去吧。”

“嗯。”

“其实带领片山先生他们的当地向导虽然去世了，但听说他有一个弟弟，忙不过来的时候也会去帮忙当向导。鲛岛先生介绍的人都认识他。有团队去的时候，他作为助手能帮很多忙。如果你真的要去，可以帮忙联系到他。”

“谢谢！那么请转告说：拜托了。”

片山的遗作里有一段实地调查的记录，记载了他自己接受巫医培训的情况。镇那久——这个精灵的名字频繁地出现，这是从中东到整个非洲都信仰的精灵镇尼的变形之一。培训的目的之一是，学习如何跟镇那久交流。仅仅是朋友、熟人程度的交流是不行的——这样的话，只会被镇那久取笑，做交易后被玩弄——必须完全支配镇那久，令它听从自己的命令。片山所接受的种种启蒙就是出于这样的目的。据说如果获得了相应的能力，可以命令镇那久去除患者体内的“达巴”。

可是，获得这样的能力也意味着同时获得了放进达巴的能力。巫医很慎重，没有提及这点。笔记里记录了片山和当地的翻译讨论了这种可能性。片山每次在各个巫医处进行修行，巫医反复强调片山拥有了这样的能力。这点令棚感到不安。处事方式如此简单随便，也许是非洲人的做法吧。片山从巫医那里得到的忠告中有这样一段，令棚难以释怀。

“你今后在写镇那久时，一定要注意。”

“是不是镇那久会在意我怎么写它？”

“是啊，不管在世界何处，在你写下镇那久的那一瞬间，它就会偷偷来看你。”

棚自己也曾经历过类似的体验，在写东西的时候，感觉有谁在偷窥。脸颊边凉凉的、麻麻的，显然有谁跟自己一样，在注视着自己正写下的这段文字——而且，不止一个——这令人毛骨悚然。虽然这的确令人感到可怕，但她还是半信半疑，不确定这一切是否真的发生了，因此连续几晚忍耐着继续写。然而，不久她的身边开始不断发生怪事。棚最初觉得是偶然，但后来波及到钟二，最后现实主义者钟二发话了：“这还是跟你写的东西有关吧。你最好停笔。”连钟二都说出这么“不科学”的话，可见事情“非同寻常”，棚这时才意识到，只好承认自己不能胜任这项工作。出于如此理由令写稿受挫，这样的事仅此一例，令她留下了没有彻底完成的不爽。

因此，暂且不说之前片山的实地调查记录，仅仅是出于“被镇那久偷窥”这一点，片山的修行便带着奇妙的亲和性，自然地融进了棚的周围。

光凭三个死者这个事实，并不能说明什么。这次不能在此退却。

九

飞机在迪拜转机后，停靠在亚的斯亚贝巴，一部分机组人员换岗，也上下了一部分乘客，加了油，休息数小时后，再次飞向南方。渐渐远离城市，只见埃塞俄比亚的农田如同深褐色和绿色的拼布图案一般，分成一个个细格，不久变化成了疯狂的拼布，随着飞机高度升高，渐渐消失在了视线中。蓝天深邃无底，无遮无挡的紫外线似乎会烤灼皮肤，令它火辣生痛，棚拉下了遮光板。

原来如此，这架飞机正在飞往赤道附近啊。

东非大地在眼下绵延。处处飘浮着雪白的积云，但并不遮挡景观，因此棚尽情欣赏了地面的景色。

眼前出现了褐色伤痕一般的大地沟带，不久出现了如同大海一般的维多利亚湖，飞机开始降低高度。

机场位于湖岸，飞机伴随着冲击着陆了。如同身穿灰色围裙的乌鸦们在草坪上悠闲地散着步。非洲的乌鸦！棚心中充满怀念，紧紧注视着。正确的名字应该是非洲白颈鸦。不同于习惯城市生活的精明的日本乌鸦，这里的乌鸦悠闲自在。

走下舷梯，乘坐接驳巴士，不久就到了机场大楼。当然，进入大楼的乘客几乎都是黑人。入境审查出乎意料地顺利。在来接机的人群中，棚发现了写着 tana 的牌子，便对举着牌子的中等身材的男子举手示意。对方也在寻找独自到来的东方女子，一开始就注意着棚。此时，他似乎松了口气，露出笑容。他比想象中年轻，似乎刚刚脱离了少年期。根据之前获得的信息，他的名字应该叫马蒂来。

"请叫我马蒂。"黑檀一般黝黑油亮的皮肤上皱起柔软的褶子，形成了笑脸。走出机场大楼，只见天空湛蓝。马蒂手指示意停车的地点，此时他翻出的手掌令棚不由得回忆起儿时喜爱的草莓巧克力。时隔好久看到黑人的手，总是条件反射似的想起那种巧克力，粉色和巧克力色形成双层。

马蒂的车是日本的二手车。棚放好行李，坐上车，闻到一股沙尘的气息。车子开动，棚不由得长舒一口气：终于到了！

"现在去您住宿的酒店。去酒店以前，有没有其他想去的地方？"马蒂一边开车一边问。可以感觉到，他在体谅棚长途旅行后的劳顿，同时预见到已经是傍晚时分，无论去哪里都太仓促了。

“如果有什么东西最好今天看的话，就去看看。”

“不，没有。”

棚已经事先研究过资料，决定了访问的地方，并通过介绍人告知了马蒂，大致的日程已经确定下来了。同时也打过招呼，除此以外，如果有值得去的地方、值得见的人可以随时安排进日程。不过，棚心想：还是应该对马蒂重申一下此行的目的。根据以前在非洲的经验，棚深有感触：“已经提过一次了，对方应该知道了——日本那种心领神会在这里是行不通的。”

“我来这里的目的有两个。一个是介绍乌干达美丽的旅游景点，另一个是，你也知道，来追寻鲛岛和片山的足迹。”

“哦，鲛岛……”

马蒂的表情瞬间阴沉下来。

棚不清楚马蒂与鲛岛、片山关系有多亲密。马蒂也失去了亲哥哥，对这件事他应该有自己的见解和看法吧。可是现在不是聚焦这个问题的适当的时机。近两天的时间都耗费在路上，令棚睡眠不足，没有充沛的精力。而且虽然跟马蒂事先有联系，却也是初次见面还不到一个小时。目前首先要确认一下各种事务性的事项。

“就是说，在观光景点附近，如果有他们曾经去过的地方的话，我也想去看看……”

“好的。”

马蒂点点头，开始专心开车。他不随意谈及鲛岛，这态度令人心生好感，同时也令人不安。

这里的路面状况跟日本无法相提并论，不过，适度的凹凸不平倒在车辆行驶中传递来原始的感觉。棚内心觉得：这种车道的舒适程度恰到好处。铺设完美的柏油马路令人窒息。商用的日本二手车（×× 建设、×× 造园等）从对面车道不断显现又消失。道路两侧建设中的大楼引人注目。

“住在这一带，就可以每天去坎帕拉市区工作，最近手头宽裕的公司职员都希望在这边建房子。因此，早上堵车十分严重。”

坎帕拉是乌干达的首都。随着接近市区，车流量增大，交通开始陷入拥堵，但没有停滞不前。车辆你拥我挤，不甘落后，尤其在环形交叉口等路口，为了超出对方哪怕十厘米，不断地近身肉搏，不觉中脱离了混沌状态。在这样的交通状况下，较之开车技巧，窍门与切身经验更为有效。之后，在棚逐步适应这个国家后，“在如此混乱无序的状态中，牵制周围，努力前进，最后找到出路”，她觉得这样的切身经验象征着在无秩序社会生存下来的能力。

“真厉害啊！”

“嗯，真厉害。厉害吧！”

马蒂似乎有些欣喜。对他而言，这是司空见惯的日常光景，其实他根本不觉得厉害。不过他在用初次到访乌干达的外国人的视线看待一切吧。

酒店位于坎帕拉市区，马蒂排队把车开入停车场，停下车后，对棚点点头说：“到了。”

棚一边回答“谢谢”，一边迅速打开车门，下了车。

考虑到乌干达目前的国情是把重点放在发展产业上，因此不可能对排气有限制。尽管如此大的车流量近在咫尺，空气依然很清新。广袤的大自然就是资产，可以任意取用，造成伤害也能马上自然恢复。在这里是空气，在日本是水，都是祖先馈赠的遗产。与生俱来，不觉得珍贵，因而就肆意挥霍。

奢侈的消费啊！棚这么想着，不由得深呼吸起来。忽然她觉察到了一种气味。原来在停车场深处，蓝花楹树上开放着紫色的花朵。令人怀念，棚不由得泛起了微笑。

这里的确接近赤道，但由于是高地，气温并不太高。

棚如此东张西望之际，马蒂已经从后座把行李放下了。马蒂把行李搬入大门，棚紧随其后，从酒店正门进入。貌似搬运工的男孩轻松地点头靠近，从马蒂那里接过行李，搬到了里面。那是一个十四五岁的少年，没有身穿酒店的制服。马蒂没有说话，棚猜想那就没有问题吧。在前台办理了入住手续，拿到了房间钥匙。男孩在里面等待着，棚给他看了一下钥匙。男孩点点头，抬抬下颚示意楼梯。

“我在这里等着。”马蒂手指了指前台的沙发。

“我放了行李马上下来。”棚说完，走上楼梯。房间位于二楼的角落，对面有花园。男孩打开刷着黄色油漆的房门，放进了行李，然后，对棚微笑，如同在催促她进入。他注视着棚，想看棚进入房间后的反应。床上白色的蚊帐轻轻绑着，低垂下来。令人想到“显像管”一词的箱型电视机似乎是房间内的主要家具，显眼地摆放着。窗户对面是停车场，可以看到蓝花楹树丛。

棚微微一笑，表示喜欢。男孩似乎松了一口气，不再紧张，然后慢吞吞地准备出门。棚从口袋里取出几个硬币，迅速地握进男孩手中。在机场换钱后，她只把硬币放在了口袋里。男孩的脸一瞬间闪耀起来，说了句“谢谢”，蹦蹦跳跳地跑出了房间。棚拿起装有贵重物品的手提包，没有打开行李箱，走出房间，锁好门。一开始总锁不上，她转了几次，总算知道上锁的办法了。估计这样的事会连续发生。不过，只要“抓住诀窍”就没问题吧。她带着这样的预感下楼了。马蒂边看报纸边等着，一看到棚，就把报纸搁置一旁：“房间没问题吧？”

“没问题。很棒！”棚回答，在马蒂的斜对面坐下。因为沙发的位置摆设就是如此。马蒂说：“睡觉前检查一下蚊帐有没有破洞。饮用水请在前台购买，绝对不要喝水龙头的水。”他平淡无味地说着，估计每次都会跟日本客人重复同样的话吧。

棚点点头。“片山先生也在这里住宿了吗？”她轻声嘟哝了一句自己都感到惊讶的问题。

“片山先生……”马蒂空洞地注视着，思考片刻后回答，“没有住过。他几乎没在坎帕拉待过。”

“他去外地了吗？”

马蒂：“嗯。”

听到这个回答，由于时差而朦朦胧胧的棚的意识开始清醒了：好，现在开始了。她从包里取出地图摊开："按照计划，明天去这附近的景点吧。开车需要多少时间？附近据说有一个村子。"

"差不多两个小时吧。村名叫穆次叠。那里正好有一个传统医生，名叫博噶勒。"

"啊，太好了。计划几点跟他见面呢？"

"随时可以。"他耸耸肩膀。棚一瞬间感到一丝不安，转念一想：意思是诊所一直开着，随便什么时候吧。

"那么，八点出发吧。上午完成景点的采访，下午去这个村子，可以吗？博噶勒是怎么样的人？"

"他出身于一个世代相传的传统医生家庭，在那个区域的传统医生中颇有头面。现在在我国……"马蒂忽然正色道，"为了将这些自古就有的传统医生纳入国家的医疗……体制，政府试图把他们归类为顺势疗法医师。对外宣称不使用巫术。可是，人们都希望借助他们的巫术来治疗病痛。所以，现在一般招牌上大多写着草药师。的确有一部分传统医生只利用草药治病，但也有很多传统医生不仅仅用草药。为了统一管理所有传统医生，政府在各地区的传统医生中选定了头目。博噶勒就是头目之一。"

棚初次听说这样的情况，问道："片山先生那时也……"

"不，他在的时候，还没有这样的制度。他在制度建立前就开展了活动。"

棚忽然有一种不祥的预感。

"这样有什么问题吗？比如，面对政府，他们不愿明确讲出巫术的事。镇那久……。"棚一说到这个词，马蒂脸色大变，捂住了自己的嘴，然后，缓缓摇头，用嘴型无声地说："不，不（No，no）。"棚觉得有点小题大做，但也明白了：原来如此！她点点头："那么'强者'还一如既往地得到人们的尊敬吗？"

"那是当然。政府也对'强者'礼让三分。毕竟前总统就是……"

"哦？"棚重新正眼看了一下马蒂。马蒂对棚的反应有点沾沾自喜："前总统就是被强大巫师的力量打垮的。"

棚半信半疑地牢牢盯着马蒂的脸。他一脸认真。

"这件事只有你知道吗？还是全国人都这么说呢？"

如果只是马蒂知道的话，很可能是他的妄想。如果这样的话，要考虑一下之后如何跟他打交道。不过，就算是全国人都这么说……

“全国人都知道。”

棚不由得小声嘟哝：这到底是怎么一回事？马蒂说：“所以说，政府想拉拢‘强者’，政府不会进行残酷的镇压，但为了成为国际社会的一员，不希望他们进行公开的活动。”

那么就是说，镇那久是政府公认的精灵吗？

“明天能见到博噶勒吧？”棚再次确认。

“嗯，当然。”马蒂用力点点头。棚的心中掠过一丝不安。不过，又想到：自己已经这么反复强调了，应该没问题吧。

随后，棚和马蒂在附近的餐厅吃了晚饭，回到了房间。在用餐时，马蒂告诉棚，他是在日本NGO开办的学校学习的日语，通过鲛岛的介绍，认识了日本人某某。他说的人里面没有棚认识的人。她问马蒂是否跟片山有过接触，马蒂重重点头：“嗯！”但他不谈及具体情况，估计只是随口附和，也许根本没有见过面。棚并不是在怀疑他，只是这种可能性完全存在，要留一个心眼。否则，如果完全信任他，在进行下一步计划时就会倒霉了。

“我早就知道了，不过还是太天真了！”第二天，棚就尝到了滋味。

十

棚回到房间，去浴室冲洗掉汗水，然后坐在黄褐格子、缝线绽开的单人椅上，呆呆地望着地图。凝神细听，城市的嘈杂如同通奏低音一般始终萦绕耳畔，但如果想忽视掉，也可以做到。日本时间已经过了深夜，棚想打电话，给钟二家的录音电话留消息，汇报一下自己顺利到达了。电话刚打通，钟二马上接了。

“喂。”

“啊，太晚了吧。”钟二的声音里带着紧迫感。至少他应该没有高枕无忧地睡着。

“你还没睡？对不起，把你吵醒了。我本来想电话录音留消息的。”

“我一直等着呢。还担心发生什么事了呢。”

钟二所谓的“担心”，不是出于对棚的关心，而是出于他本来的性格。他易于想象可能发生的最坏情况，纠结于这个念头，难以摆脱。他的“担心”，一旦发现不安的种子，马上会不断增殖。旁人看来甚至有些滑稽，他本人却着急得即将崩溃了。棚知道他这些“内心状况”，却疏忽了，她感到歉意。估计他长时间暗暗忍受着这种不安吧。

“我应该马上给你打电话的。不过匆匆忙忙，没有安顿好。”

“嗯，没事就好。能告诉我酒店的电话号码吗？”

棚拿起台灯旁边的酒店宣传册，把上面的电话号码告诉钟二。

“明天开始白天几乎都外出，最好不要给我打电话。换酒店了，或者需要的时候，我会给你打电话。”

钟二恢复了冷静，静静回答：“明白了。治安怎么样呢？”

“很安全，这个城市也充满活力。”

“是吗。”钟二低沉地嘟哝了一声，似乎愈发放心了。哎！棚心想，然后回答：“现在我要睡了。”于是挂了电话。

早上，棚用完早餐，在酒店大堂等待马蒂的到来，可是过了十五分钟也不见身影。“啊，等一会儿没事。”这么想着，棚不急不躁地开始阅读随身携带的书本。不知不觉间一个小时过去了。她按捺不住，站起身来，走到门口，可是马蒂毫无踪影。她有点担心，在前台借了电话，打开笔记本，找出马蒂的号码，正要给他打电话。

“哈啰！”伴随着爽朗的声音和笑容，马蒂大步迈入大堂。

“怎么了？”虽然不及钟二那样多忧多虑，但棚也有点担心了，带着质问的语气问道。言下之意是：我正担心你是不是出了什么事。

“嗯？”马蒂的笑容僵住了，一副摸不着头脑的样子，刹那间又反应过来，“啊，原来如此！这里就是这样，这里是非洲啊。”伴随着那种全身心被拖拽而入的感觉，记忆深处的非洲又复活了。迟到一小时左右的话，仍属于“没事（no problem）”的范围。

与此同时，马蒂也似乎瞬即想起了至今经历过多次的“日本人的规则”，慌忙道歉：“对不起，我迟到了。明天开始我会注意。”棚略感意外：这是典型的日本人作风。内罗毕的人们留给棚的印象是：不管发生什么，都不会道歉，而是进行狡辩。这一类人还算值得表扬的。大多数人都是若无其事的样子。

看着马蒂的反应，棚在内心深处想：以前马蒂的哥哥应该跟他交代过，对于日本人要这样应对。然而，这次马蒂一不留神忘记了，也许是因为最近一次跟日本人打交道是很久以前的事了吧。

于是，棚说："赶快吧，中午前到达就没问题。"她拿起行李，和马蒂一起走向停车场。

沿路看到自行车驰过，后座左右挑着层层叠叠的大把绿香蕉；双脚被缚住的鸡如同花束一般；甘蔗如同一捆弯弯曲曲的竹竿，菠萝如同体育馆里塞满大筐的球一般，被漫不经心地搬运着。

在这里，人们完全不担心搬运物会受伤，会虚弱，会被弄脏。也许会发生，但人们丝毫不会"担心"没有发生的事情。为搬运而搬运，尽可能一次多搬点，仅此而已。没有可以仔细包裹的包装材料，连多用绳子都觉得浪费，因此随便一扎。估计可以这样运到终点吧。途中散落开来的话，到时再说吧。

道路两侧林立着屋檐低矮的棚屋商店，售卖着琳琅满目的商品：高高叠起的二手旧家电，剪裁相似、颜色鲜艳却皱巴巴的连衣裙，明显穿旧了的鞋子，等等。需要的话就买，不满意的话就不买，仅此而已。

棚感觉到，自己都未曾觉察的戴着枷锁镣铐、被束缚到几乎窒息的内心，似乎在渐渐地舒展开来。

“满不在乎。”她小声嘀咕。用这个词来形容那种舒爽的感觉，恰到好处。她闭眼想着，慢慢吐气，再慢慢吸气。

在坎帕拉市区，破坏景致的混凝土建筑也鳞次栉比，忙碌的公司职员们穿行其间。市区到郊区沿途的棚屋市场，几乎都采用白铁皮板铺顶。渐渐越来越接近近郊的村庄，周边没有高楼大厦，天空显得高远，露天货摊渐渐多起来了。

虽然是“满不在乎”，但似乎还是想避开阳光的直射。市场的遮阳伞原本鲜艳的颜色已经黯然褪去，布满灰尘，伞骨之间的塑料膜软塌塌地下垂。估计对着太阳的方向不断调整着，斜斜地插着，执着地保卫着蔬菜和水果。每把遮阳伞和陈列商品的后面都坐着一个小贩。都是女性，头上包着围巾，巧妙地折叠起漆黑棍子一般的长手长足，坐着聊天，聊到妙处，拍手大笑，剧烈地前后摇晃身体。那是一种天真烂漫的笑。

棚隔着车窗看到这幅景象，不由喃喃自语：“真想那样劳动啊。”对于她情不自禁的自言自语，马蒂低声答道：“不可能。”棚捕捉到了那个声音里包含着至今两人对话里所没有的异样感觉，担心自己听错了，不由得条件反射似的抬头看驾驶座那边。然而，马蒂只是微微一笑，用他一贯轻松的口吻问："从这里开始要开很久才到下一个商店。现在需要买点什么吗？"棚感觉纳闷，回答："不，我从酒店带来了矿泉水，不用买。"

道路一旁的泥基土上，出现了高高隆起的红褐色蚁冢。随后，树干上延伸出桌子形状的枝丫、仙人掌一般奇怪的树，果实如巨大蚕豆般的波罗蜜，开着类似日本合欢花的树木，相继出现在车窗外。

"好大的蚁冢。我读了资料，这里的确是充满绿色。"

"对对，乌干达是非洲的珍珠。"这句话似乎已经成为马蒂的口头禅了。

犄角类似水牛的牛，时而成群，时而独自在路边行走。这种时候，马蒂也只好减速，其余时候，他一般保持时速一百公里以上。棚猜想：他是为了弥补出发时迟到浪费的时间吧。不过和其他车辆一比较，似乎这是这个国家郊区正常的行驶速度。

中午前他们到达了目的地。道路在山丘的中部走到了尽头。从那里下车，徒步爬上红土地的阶梯。终于到达了一个堡垒一般的平台，从那里开始需要顺着梯子攀爬上去。棚努力爬到了那里，环顾四周，不由得叫道："啊！好地方。好舒服啊！"

平缓的山丘如同波浪一般连绵着。山脚的村落里氤氲着几道白烟，也许来自火灶吧。峡谷下流淌的小河，水面波光粼粼。每座山丘上，树木茂盛。这里海拔很高，因此植被跟热带丛林不同，柔和的绿色令人难以想象这里是靠近赤道的地方。战前英国人由于怀念祖国，来到这里建造房屋，也是可以理解的吧。

棚从包里取出相机，开始照相。

“很美吧？”背后传来马蒂的声音充满喜悦。

“真的很美。谢谢你带我来。”

棚取出笔记本，简单地做记录。马蒂说：“啊，在那里！我们现在要去的穆次叠，在那里。”说着，用手指着第二座山丘的尽头。在树丛中，能看到的那个缝隙一定就是小屋所在地吧。棚点点头：“那里阳光普照，也是个好地方。”

马蒂说：“下面有一个小餐厅。在那里吃了饭，马上出发吧。”说完，迅速地下山去了。

餐厅虽然是一间简陋的小屋，但提供烧熟的充满野趣的菜品，菜的品种也不少。当然，服务员不可能态度热情、注重礼貌、服务周到，但尽职地做着工作。棚一边品尝炖肉（开吃之前，她也拍了照），一边拜托马蒂询问餐厅一些问题，比如最多可以接待多少食客，招牌菜是什么，大约有几种菜。正巧，兼任厨师的老板从里面出来了，是一个身形魁梧、威风凛凛的女人。马蒂用当地语言询问，她重重点头后回答，马蒂再给棚翻译："多少客人都可以招待。"棚稍稍苦笑了一下，再次问马蒂："这个餐厅如果满座，大约是多少客人？"

"如果满座了，"马蒂代替店主回答，"可以在外面摆很多椅子。"

"哦！"棚点点头，自己估算了一下，"那么，最多二十人吧。"

那里没有栏杆，只是铺了一层板，算是露台吧。

棚在笔记本上做好记录，抬头一看，与兼任厨师的女老板四目相对。棚感到她的视线里有一种温和的好奇心，不由得用英语说道："这个菜味道很好。"女老板似乎听懂了，愉快地笑了。的确，这道菜很美味，肉质尽管不算柔嫩，但越嚼越有味。棚吃着吃着，感觉身体里渐渐注满了能量。

他们出了餐厅，再次上车，向着穆次叠出发。从山丘上望去，似乎近在咫尺，但实际花费了将近一个小时。途中，车子拐进一条小路，棚无法辨别，那究竟是草原边缘的小路，还是仅仅那里光秃秃没有长草。又继续行驶了十多分钟，终于到达了一个坐落在丛林里的小村子。

“这里的一切，都属于博噶勒。”马蒂说道，然后介绍说：“第一夫人、第二夫人、第三夫人……”同时，一一用手指点在小屋外弯腰洗衣的女人、坐在三脚椅上给木薯剥皮的女人、笑眯眯地看着孩子们玩耍的女人。大家都扭头注视着棚和马蒂这两个不速之客。

马蒂先走到第一夫人那里，看着棚，低声说着什么。以为他们会马上谈毕，结果中途开始越说越快，手的动作幅度也越来越大，到了最后，马蒂的口吻转为放弃和理解。棚顿时有一种不祥的预感。

马蒂低垂视线回来汇报：“博噶勒去了亲戚的村子。”

“啊？”棚不知所措，“亲戚的村子……你跟他约好了吧？”

是约错时间了吗？还是博噶勒的亲戚发生了意外？棚的脑子里一片混乱。

马蒂含糊其词地点点头：“今天他不回来了。”

“啊？”棚再次质问，随即认识到这是个既成事实，不由得无话可说了。

十一

站得最近的第三夫人带着惊讶的表情，一次次看向棚和马蒂。马蒂觉察到她的视线，用当地话攀谈了几句。棚推测聊天内容是：我们来拜访博噶勒，他不在啊。这个人，是中国人吗？不，是从日本来的，等等。

第三夫人很年轻，所以马蒂也乐于与她聊天。棚呆呆地看着两人，体内的力量渐渐地恢复了。

“我也想跟她谈一谈，可以吗？”

马蒂一瞬间有些迷惑，委婉地拒绝了：“她不是巫医。”

“啊，没关系的。”

马蒂似乎还在犹豫。棚继续说明：“我只是想了解一下她们的生活，不问专业的问题。”

“那么，先从刚才那个……”他说着，脸转向了第一夫人。原来如此，无视第一夫人，先跟第三夫人谈话，也许是违反这里的规则的吧。棚点点头，马蒂再次回到第一夫人那里，说了几句，回头向棚招手。棚走近他们，手按住胸口，进行自我介绍："我的名字叫棚。"

马蒂翻译成当地话。"Tana。"两人不流利地复述着棚的名字。

"请问能告诉我您的名字吗？"

第一夫人魁梧的身体转向正面，直直地看着棚，严肃地回答："乌尔比。"

"乌尔比。"棚称呼她的名字，请求握手。乌尔比稍稍扬起嘴角，不慌不忙地握了握手。在小屋前摆放着几个用旧皮拼接而成的坐凳，乌尔比漫不经心地做了个手势，请他们落座。棚和马蒂按照要求坐下来。红褐色的地面，在踩踏下变得坚硬，这很像日本农户家的前院。阳光透过树枝缝隙，斑驳地落在地面各处。突然，棚感到如同穿越了一般的奇妙的既视感。这景象曾在梦里见过。但现在姑且不管，棚转向乌尔比开始询问。

"听说博噶勒是一位受人尊敬的医生。请问您是几岁跟他结婚的呢？"

"十六岁。"对方简短地回答。

“结婚多少年了?”棚又问。乌尔比回答:“很久，很久了。”棚不由得露出微笑。乌尔比也会心一笑。

“最初见到博噶勒，第一印象怎么样?”

“我先生……”乌尔比对于这个问题回答的第一个词，马蒂是这样翻译的，“我先生很年轻，眼睛很漂亮。我那么觉得。”

“当时，博噶勒已经是巫医了吗?”

“不，还不是，他来我父亲这里当学徒。”

“哦，那么您的父亲是巫医吧。”

“对。”

“博噶勒是很优秀的弟子吧。”

棚想得很简单，一定是乌尔比的父亲器重博噶勒，把女儿嫁给他，让他继承自己的事业吧。对于这句话，乌尔比只是神秘地微微一笑，既不肯定也不否定。

“你知道来博噶勒这里学习的日本人吗?或者是，像这样来做访谈的日本人。”

“不，你是第一个日本人。”

马蒂这么翻译着，毫无内疚之色。棚震惊了，随后脑里一片混乱，他是太诚实了呢，还是太糊涂了呢?这次可不能再含含糊糊地让他糊弄过去了。她质问道：“你说片山先生跟博噶勒见过面，是你搞错了吧？”

“啊？博噶勒是医术高明的巫医。但我不知道他的岳父也是巫医。”然后，马蒂用当地话跟乌尔比热烈地交谈起来。棚心想：是想企图蒙混骗过去吧。

不久，马蒂开始说明：“博噶勒是一个受到精灵们宠爱的年轻人。到后来，比起岳父，精灵们更喜欢聚集到博噶勒那里。岳父妒火中烧，使用禁术，企图杀死博噶勒。精灵们发现了这个阴谋，对博噶勒施展了法术，来反击岳父。岳父因此死了。”

棚睁大了眼睛：“嗯，这个……”她想问这是真事，还是传说。不过，马蒂的话匣子打开了就停不下来了，滔滔不绝地继续说：“乌尔比也认为错在自己父亲，博噶勒没有过错，因此接受了博噶勒的求婚。”

所以，这是真事吧，至少是被如此认为的。

棚不由得抚额，重振精神，努力整理思绪。起初只是想问乌尔比，她跟博噶勒如何相识的，做什么菜，兴趣爱好是什么，等等，关于他生活的一些“轻松”的话题。不过，她不由得询问了片山的事，由此事态开始急转而下。既然事已至此，只有继续追问下去了，棚暗暗下了决心。

“精灵有好几个吗？”乌尔比点点头。

“发现了你父亲的阴谋、用法术反击他的精灵是……”棚让马蒂翻译这个问题时，马蒂明显胆怯退缩了。这里的人们表现出的那种戏剧性的胆怯的样子，常常令棚感到跟自己国家的文化差异。于是，她稍稍改变了说法：“是一个精灵‘反击’了呢？还是很多精灵合力反击了呢？”带着“这个问题有点棘手，不过我试一下吧”的表情，马蒂慎重地翻译了。乌尔比若无其事地回答：“啊，一个精灵。”马蒂翻译给棚，明显很紧张，因为他预测到了棚的下一个问题。这“一个精灵”的名字是什么？

似乎有些滑稽，不过想想马蒂哥哥和他的朋友、鲛岛他们是如何去世的，就不难明白了。棚不再追问下去了。她也大致猜到了答案。

“这里的土地以前是属于您父亲的吗？”乌尔比摇摇头。

乌尔比的父亲去世后，博噶勒取代他，在那片土地上继续工作，但不久乌尔比的弟弟要求他让出土地。正巧有一个病人要卖出土地，于是博噶勒迁居至此，也就是这片土地。这一切都是精灵们捣的鬼。这里靠近河流，是水之精灵容易聚集的地方。

“水之精灵，其他还有什么精灵呢?”

有各种精灵，火之精灵、木之精灵、风之精灵、大地精灵、各种动物的精灵，等等。博噶勒根据病人描述的主要病症，决定需要召唤的精灵。因此，博噶勒的巫术十分灵验。他跟其他巫医不同，不会召唤同一个精灵治疗不同病症。最好不要一直使用同一个精灵。

说到此处，忽然跑来一个约莫五六岁的男孩，牢牢抱住乌尔比的腰。然后，吮着手指，躲在乌尔比身后，探头探脑，注视着这边。大大的黑眼睛很漂亮。棚忽然想到：乌尔比刚才提到，年轻时的博噶勒也有一双秀美的黑眼睛。对了！棚想起来了，从包里取出糖果袋子。

“这是礼物。请跟大家分享一下吧。”

男孩害羞忸怩，不敢接过。啊，这样啊。于是棚转手交给乌尔比。乌尔比缓缓点头接过，从袋子里取出一颗糖，递给男孩。男孩高兴地笑了。棚也不由得欢喜起来。乌尔比坐直身体，大声呼唤第二夫人，在她耳边低语几句，把整个糖袋子交给了她。第二夫人随意地接过，大大咧咧地分发给飞驰而来的孩子们。棚侧目看着这一切，不经意地说道：“我的朋友也在这个国家向巫医拜师学艺。他去了很多地方做访谈。”

“在哪里？”

“在很多地方。不过停留最长的地方是温乔的单丢巴拉那儿。”棚回答。

“嗯？”马蒂诧异地看了一眼棚，然后用当地话翻译给乌尔比。乌尔比听了，稍稍挑起眉毛。马蒂翻译完后，对棚说：“这是一个很有名的巫医。”言下之意，似乎在说：我是第一次听说这事。

棚反问：“你不知道片山先生他们拜访的每个地方吗？”

“不，不知道。”马蒂夸张地瞪圆了眼睛。

棚忍无可忍了，不觉大声起来：“我不是在日本时就告诉过你，我想去拜访片山和鲛岛见过的巫医吗？你说没问题，我就觉得你都知道。如果你不知道，只要说句话，我就可以把名单发给你。”

马蒂莫名其妙地回答：“所以我们现在来拜访巫医了。”也许是“片山和鲛岛见过的”这个条件在附加上“拜访巫医”这个条件时，被遗忘了吧。那是马蒂的日语有问题吗？

看着棚生气的样子，乌尔比似乎想到了什么，用安慰的口吻说了几句。马蒂翻译："博噶勒常常会见单丢巴拉，说他的确是很有能力的人。不过，也很危险。"

"危险？"

乌尔比没有回答。马蒂是否忠实地翻译了自己所说的话，棚略感不安。

"其实博噶勒今天就是去单丢巴拉那里了。"马蒂的口气略带骄傲。

"如果现在去单丢巴拉那里，正好可以见到两个人，一举两得。"

"一举两得。不过，现在还来得及去吗？"

"深夜可以到吧。"马蒂点点头，似乎在鼓励棚。但是，面对发展过快的事态，棚略感不适。

天空阴沉下来，洒满院子的阳光也如退潮一般，失去了力量。刚才在阳光下形成强烈对比、清晰可见的黑色肌肤的人们，轮廓渐渐地模糊起来。

"不，今天先回去吧。我的行李还在酒店呢。"棚迅速回答。

"没事的。"马蒂立即漫不经心地回答，然后又连珠炮地说道："从这里去温乔反正途中要经过坎帕拉。现在出发的话，傍晚可以回到酒店。对酒店说明情况，付钱退房拿行李就行了。”

“不过温乔有宾馆吗？”

“附近有宾馆。随时可以入住。”

马蒂很有信心地点点头。棚心里暗想：到时会怎么样，这可说不准。不过，在有限的日程安排里，与其浪费时间，不如早日接近目标……可是，虽然相识才只有一天，但棚知道马蒂应该不敢接近精灵吧。对，他应该很害怕。的确，刚才也是。

马蒂听到棚询问宾馆的情况时暗暗确定：就这样定了！对着乌尔比飞快地说着什么。

“那么，走吧。越早越好。乌尔比也这么说。”

棚不情不愿地站起身来，向乌尔比致谢。乌尔比颔首致意，招呼孩子们。于是，孩子们在各处挥手。真可爱！

“孩子们真可爱。”棚也挥挥手，说完准备离去。马蒂把她的话翻译给乌尔比，乌尔比对此答复了几句。

上车以后，棚问正在启动汽车的马蒂：“刚才乌尔比说什么了？”汽车发动了，离开博噶勒家的土地，驶上道路。马蒂终于回答了：“她说：博噶勒的确是个高明的巫医，不过自己的儿子会更胜一筹。因为他继承了博噶勒和自己两方的血脉。”

行驶在前面的汽车，扬起阵阵沙尘。

棚感觉自己正在面对一本难以读解的书。

十二

汽车到达了酒店。长途驾驶后，马蒂也丝毫不显倦意，飞快地冲向前台。棚稍稍落后，进去一看，马蒂正对酒店的服务员比手画脚地说着。交涉似乎成功了，马蒂转头说："今天可以不收取取消费用，不过作为交换条件，棚小姐回国前，在这里再住一晚。"他一边说明，一边露出得意的笑容。这倒无所谓，不过应不应该这样强人所难地交涉呢？棚对于事态的发展还是无法确定。

"啊，对了！电话，借用一下电话。请打一下这个，日本的号码。"她把写有钟二电话号码的纸条递给前台服务员。服务员看着纸条，接通了接线员，迅速地告知电话号码，确认听筒开始传出接通的呼叫音后，把听筒递给棚。棚以为钟二接电话了，但却是录音电话。

"我忽然改变计划，现在退房离开酒店。还不确定住哪里，我现在去的是温乔的单丢巴拉巫医那里。再见！”

棚只录了这几句，把话筒还给前台。不久，接线员打来电话，告知通话费用。棚一并支付了电话费和昨晚的住宿费。

这期间，马蒂不知何时已经搬来了棚的行李箱。棚无言地点点头，又回到停车场。

“也许会提早到。”

马蒂一边发动汽车，一边精神抖擞地说。棚猜想，是因为马蒂当着乌尔比的面说过“深夜可以到达”，所以才做的补充说明吧。棚不再回答。从早开始，她一直身处陌生的文化圈里，自己虽未察觉，其实消耗了不少精力。于是，车子行驶了一会儿，棚不觉睡着了。

未曾料想，棚这一觉睡得沉。她醒来一看，周边被黑暗笼罩，只听到激烈的流水声。一瞬间，棚不知身处何地，还以为自己家附近的镜川又要泛滥了。镜川的暗渠部分发生了异常情况。“要叫醒一楼的母亲。”棚的身心都还未完全从睡梦中清醒过来，脑子浮现出这样紧迫的念头，如同梦境的延续一般。

不过，现实与梦境马上交替了，她想起自己现在身处非洲，正在行驶的车里。

“现在到哪里了？这个声音是河水声吗？”棚故作镇定地对马蒂说，假装头脑里没有一片混乱。不过，她没有马上意识到，即便马蒂回答了自己的问题，完全不认识路的自己也听不明白。

“这里是尼罗河的支流。刚才下了一场大雨，形成了暂时的洪水。”

棚在心里把马蒂所说的“暂时的洪水”变换为“急剧的涨水”、“水位升高了”，来找回自己的状态。

“我睡得很死。”

“好好休息，马上到了。”

一定是一场暴雨吧。竟然没有觉察到这么大的雨，棚对自己很惊讶。不过的确似乎一直在做梦，梦中黑水不断迫近。

水声隆隆，渐渐逼近了，甚至令棚产生错觉，似乎水沫飞溅到了脸上。

“没事吗？水声好大啊！”

“没事，不过请稍等。我去看一下桥。”马蒂停下车，离开了。

不用说民宅，连一点灯火都看不到。头灯照射下，依稀可辨认出这里被树丛围绕。车子一停下来，似乎水声更甚了。

如果马蒂不回来，那可如何是好？车子的钥匙还插着。所幸是日本车，棚知道如何驾驶。如果等到天明，还不见马蒂回来，就开车掉头回去吧。在中途找到可以打电话的地方，联系一下登美子在乌干达的熟人。

棚想到这里，马蒂回来了。

“没事，就这样过河吧。”马蒂言毕，发动了汽车。不久，周边开阔起来，从水声和震动来判断，马上要过桥了。周围漆黑一片，无法看清，不过可以感觉到水流卷着旋涡湍急地流淌着。紧张与不安令棚变得多话。

“这条河流淌而去，最终成为尼罗河的一部分。尼罗河给我的印象是，缓缓流淌的广阔大河，上游的水流却是如此地湍急啊。在日本有冥河这一说法，是指流淌在这个世界和那个世界交界处的河流。”

“哦，我不知道。”马蒂毫无兴趣地回答。棚觉得：他也许在害怕吧。

不久，随着轻轻的震动，车子似乎开上了坡，终于到达了彼岸。不管如何，总算过河了。

挟裹着大雨而来的雨云似乎急速地散去了。明月当空，令人不安的雨云的残党羽翼，如同胶片快进一般迅速地流走了。尽管如此，月亮一出现，世界也被照亮了。也许由于周围没有人工的照明，令人愈发有此体会。

途中，道路变得开阔了，随后开始稀稀拉拉地出现民居。进入村子了。

“要尽快定下宾馆。这附近有城镇吗？”棚催促马蒂。

“宾馆随时可以解决。我还有睡袋。也许睡袋更好吧。这里蚊虫很多。还是赶紧先去找单丢巴拉吧。马上到了。”

他是不是一开始就这样打算的？棚对马蒂一下子戒备起来。但这里还是要跟他进一步交涉。

“现在去，也不知道见得到见不到。就是见到，也没有足够的时间谈话。今天还是先在宾馆住下，明天早上去为好。明天早上的话，博噶勒应该还在。”

“没事的。”

什么没事的？真是不可理喻！

棚回过神来，车子继续在丛林中行驶着。马蒂忽然放慢了速度，把车子停在路边思考起来。大概迷路了吧。

“怎么了？”

“返回。我走错路了。是刚才那里。”

刚才那里，究竟是哪里呢？棚想着。到处都是相似的丛林，难道在某个地方有路吗？

马蒂调转车头，开始原路返回。

“应该还是这里。听，有声音！”听马蒂一说，棚侧耳倾听。的确可以听到喇叭里放出的音乐声，好像年轻人在海边哄闹时播放的那种音乐。马蒂开车猛地扎进灌木丛里，行驶在几乎没有道路的地方。一会儿，眼前出现了车子无法碾压而过的粗壮树木，挡住了去路，无法前行了。马蒂终于停下了车。

“走吧！”他说完就打开车门下车了。棚慌忙拿上包，追上他。音乐声分明比刚才更大了，好像就在附近。

“他们在干什么？”

“在举办宴会之类的吧。要治疗得了重病的病人。”

棚一听，吃了一惊：“宴会？”

“对，最近这样的治疗真的很少见了。一般都是用草药治疗，或者按摩，或者占卜，等等。不过，听说博噶勒去了单丢巴拉那里，我就想，也许他们在进行这个吧，宴会疗法？”

棚对于“宴会疗法”这一马蒂独创的译名感到忍俊不禁，同时也暗暗佩服。从古至今，宴会这样的盛大场面，如果可以令人消除压力的话，应该也具有一定的治疗效果。为了让自己体验一下，他才这么匆匆赶路的吧。虽然带着各种困惑，在棚心里跌到谷底的“马蒂信赖度”就此一下子回升了。

灌木丛里是一片广场，篝火似的火焰位于中央，轻轻摇曳。火焰周围黑影憧憧，人们随着音乐舞动身体。孩子们在四处奔跑，空气里弥漫着食物的气息。这一切都如同在日本居委会主持的纳凉大会，缺乏紧张感。跟棚想象中的、以治疗为目的的驱魔仪式相去甚远。她想象的是更可怕、更瘆人的仪式。

“请等一下。我先去找博噶勒。”

马蒂向附近的女人搭话，开始交谈起来。于是，周边的人们一下子把视线转向马蒂，继而转向棚，随即目不转睛地盯着她看。黄种人很少见吧。

坎帕拉那样的首都也罢了，在这样的乡镇里，白天连中国人都看不到吧。而如今在夜幕中，忽然出现了一张黄皮肤的脸孔，大家一定大吃一惊了。棚感觉很抱歉，又觉得可怜。马蒂回来说：“他们告诉我，现在正在举行仪式，等到结束再说。”

“要很久吗？”

“对，大概是的。我们等一下吧。”

在一个角落铺着日本草席一样的东西，估计是刚才在仪式中派了用场的，马蒂一屁股坐在上面。棚也仿效他坐下。

也许有人通报了棚一行的来历，人们的好奇心也得到了一定的满足，目不转睛的视线里起初的热切开始退去。人们放下戒备，周围又恢复了悠闲随意的气氛。

棚的眼睛也渐渐适应了黑暗，细细一看，对面放置着一个类似祭坛的东西，供奉着瓶装啤酒等物，貌似村内长老的男人们端坐在前面。

瓶装啤酒啊，跟日本神社祭祀的供品一样啊。

棚朦朦胧胧地预测：即便有酒类，也应该是他们酿造的简单质朴的东西。这时才觉察到，自己陷入了先入为主的固定思维中，其程度比自己料想的更为严重。

似乎合着录音机的音乐声，又似乎没有，时而响起高亢的声音，太鼓也被鸣响了。周围人群的反应剧烈，冗长拖沓、毫无变化的现场气氛渐渐热烈起来了。

太鼓的鼓点密集起来了，沙球般的乐器也响起来了。不久，长老中一人动了动身体，开始激动地说些什么，充满力量。

“那是怎么了？”

“精灵开始附体了。”马蒂若无其事地回答。

棚一时无法理解“附体”一词，追问道：“嗯？”

“看，那里是病人。”只见一个女子蜷缩身体坐在长老们的附近，她筋疲力尽，几乎无力睁开双眼。只有无精打采、充满不安的眼睛怯生生地看着被附体的男子。

“我们正好赶上开始了。”棚小声说。

“应该不是刚开始。这个精灵附身，需要很长时间。达巴会不断进进出出。”

“嗯？”棚再次问，“你说达巴了？”

“对，达巴，你知道吗？”

棚点点头：“在片山的书里看到过。我真是太吃惊了，竟然这么快就能亲眼看到驱除达巴。”

马蒂皱起眉头说：“最近达巴忽然增多了。”

“他们在说什么？听得见吗？”棚问道。马蒂探出身体，集中精神倾听细微传来的对话。

“……她去世的丈夫想喝水。”

“这是他得病的原因吗？”

“不……好像有点复杂。她说：原本她丈夫去世是由于丈夫的表弟对他进行了诅咒，但现在表弟不知去向了。”

“是害怕遭人报复而逃跑了吗？”

马蒂没有回答这个问题，又全神贯注地倾听起来。不过，“精灵附体”好像告一段落了。手舞足蹈地说话的长老也沉静下来，耸着肩膀，大口喘息。

“附体已经结束了吗？”

“不，达巴只是暂时退下了，但普通的精灵还在附体。”说完，马蒂用眼神示意舞蹈的人群。

“嗯？”棚重新认真观察起舞蹈的人们。

“各种精灵附体了。”话虽如此，但棚不知道他们的正常状态，因此无法辨别是否被精灵附体。

跳舞的人群中有一个男子，在棚他们到来以后，一直盯着棚。他也许感到了棚的变化，靠近过来，随后，用充血的双眼紧紧盯着棚。棚马上觉察到他的异常。不是那种现实生活中出现危险的异常，而是另一个不同次元的宇宙变得切实逼真的异常。棚感到刹那间气氛紧张起来。

他会说什么！他一定会说什么！棚刚这么想，男子低声说道：“Idui。”

棚的耳朵立即听成了“midori（翠）”。

十三

男子随即失去了知觉，不是戏剧性地倒下，而是好像酩酊大醉、神志不清一般，松松垮垮地倒下。没有人跑过来。

有什么东西对棚说话了？有什么东西试图触碰到棚的内心世界。那不是合乎这个世界的规则、按照常理出牌的交流方式。面对这样的情况，棚手足无措不知如何对应，不知如何思考、如何采取下一步行动，也不知道是否应该采取行动。

回头看看马蒂，他冷眼看着倒下的男子。估计马蒂虽然在处理护照等事务时会瞥到棚的真名——翠，但不会特别留意吧。更何况马蒂不可能事先把棚的真名告知村里人。男子的低语也不可能传到马蒂的耳朵里，因此马蒂无法感受到棚现在的震惊。

鼓点渐渐加快了。湿润的夜幕，把远方发生的事和眼前发生的事，所有的一切都拉近了距离，麻痹了时间感与距离感。虽然无法动弹，但棚的本能促使她尽可能地努力理解状况，她的眼光开始仔细扫视一切。

他们穿越灌木丛，披荆斩棘才进入了这个广场，但好像有更省力的途径。他们进来的地方的对面，有一条路，不知通往何方。在棚的身后有几栋涂着泥灰、方形箱子一般无趣的建筑。在一个角落放置着火炉，火炉上的大锅蒸汽腾腾。棚怔怔地看着，正好与在锅边忙碌的强壮女人视线相对，于是女人毫无笑容地开始在盘子里盛东西。在光线昏暗处看到的黑人们的眼睛，眼白的部分尤其醒目。在黑暗中，黑人的轮廓模糊不清、难以辨别，但好像只有眼睛提醒着周围人们自己的存在。

女人盛满了两个盘子，仔细叮嘱附近的孩子，让他端给棚和马蒂。棚用英语对孩子说："谢谢！"然后向对面的女人点头致谢。女人落落大方地点点头。棚忽然觉得，弥漫在整个会场的食物的气息终于成为实体，出现在眼前。孩子跑开了。

"这是作为供品的山羊肉。"

马蒂忽然好像清醒过来，开始说话了。似乎食物的香味忽然唤醒了他麻痹的知觉。

盘子里淀粉质的食物叫"乌嘎里"，棚曾经吃过。但不清楚浇在上面的炖菜里除了山羊肉，还有什么食材。棚感觉到了来自四散在各处、没有被附体的人们的不停瞥视。她暗下决心：只好这样吃了。她掸了掸手，正想用手抓起。“这个这个。”马蒂递过来一个勺子。

“啊？你带勺子来了吗？”

不过，还是空手吃更适合这样的场合吧。棚想着，暂且接过勺子。

马蒂回答：“不，是那个人。”他扭头向后。刚才烹饪的年轻女人正要走回锅边，扭头回望，用英语说：“如果您需要的话。”棚感觉到了她的善意，心中的紧张一下子消失了。

“谢谢。我想像大家一样吃……你用勺子吗？”

女人耸耸肩：“……有时用，有时不用。”

棚微笑着说：“那么，我也用吧。”

山羊肉反而比在这里吃到的牛肉更柔嫩。而且，棚觉得在这种情况下吃东西是缺乏戒心的。某种东西会借助食物的形态，侵入到自己的内部。

周围的人们似乎听懂了这一番对话。人群骚动起来，有东西被传递过来了。

“这是当地的啤酒。大家轮流喝一瓶酒。不过我喜欢的不是这种，是那种啤酒。棚小姐是女性，所以可以不喝。”

“棚小姐是女性”这句话令棚意识到：“啊，原来如此。这里是伊斯兰教徒的村子。”片山的书里也有这样的记述：伊斯兰教的教义与当地的原生宗教不可思议地相互混杂，融合于巫医和周围人的世界观和精神世界。从允许饮酒这一点上显然可以看出它们不是原教旨信徒。

在酒的旁边，明显被附体了的男子蹒跚而行，举动古怪。男子对马蒂说话，马蒂忽然像变了个人似的，剧烈摇晃身躯大笑起来。那种笑，怎么形容呢，是痉挛似的、粗野鄙俗的。忽然松弛下陷的眼眶下部，在昏暗的光线下油亮亮地发光。棚陡然想道：“好像从人的裂缝中，跳出了什么东西一样啊。”随即想到一事，不由得心中一紧。

……马蒂是被“附体”了吗？

如果真是如此，就麻烦了。但是，棚并没有像自己预想的那般慌乱，也许是因为刚才跟那个年轻女人有过一些交流了。

棚吃完后，把盘子放在一边，稍作休停。这时候，忽然有尖锐的叫声划破了空气，鼓声也愈发密集激烈了。棚吓了一跳，但表面故作镇静。刚才没有加入舞蹈的人们开始全体扭动腰肢，猛烈甩头，跳起舞来，跳着跳着，忽然情不自禁地仰天长啸。夜空里的月亮在流云后时隐时现。“啊！这是非洲的夜晚啊。”棚放纵心情，不由得讷讷自语。

在祭坛一边有个貌似灵媒的长老剧烈地扭动身躯，简直难以想象是人的举动。不久，他对坐在地上、貌似单丢巴拉的人唾沫四溅地大声咒骂起来。单丢巴拉有备而来，把手伸进手中的水壶，然后不断地向对方周围甩水，然后马上双手抱壶，大声喊叫，随即用荷叶一样的东西盖住壶口，手势熟练地紧紧缠上绳子。狂躁的长老一下子安静下来，蹲坐在地面上。单丢巴拉摘下层层叠叠的宝贝贝壳项链，用它轻抚对方的背部，画圈一般地摩擦了几次后，猛力连同项链向外甩动。然后在对方耳边低语几句，把双手放置在他的肩膀上。对方微微点头。然后，单丢巴拉转头面对要求驱魔的女人，同样地用宝贝贝壳项链摩抚背部。不同的是，他从摆在祭坛上的葫芦里取出粉状物，擦在女人的额头上。也许是心理作用吧，远远望去，也能从女人的姿势里看出她逐渐恢复了生气。

鼓声渐渐稀疏了，中途只剩下录音机的音乐声。单丢巴拉他们缓步走下祭坛，退入建筑物里。人们还在继续舞蹈，棚却十分在意单丢巴拉他们。马蒂沉沉睡着。刚才的女人走过来，直直地注视着棚。

“单丢巴拉让我来问你，想问什么。”女人刚说完，棚马上接话：“我想问名叫片山的日本人的一些事。听说在这里，他成了单丢巴拉的弟子。”

听到片山的名字，她那大大的眼睛愈发睁大了，笑意荡漾开来。

“果然如此。大家也说：也许你们是跟片山有关的。”

“你也知道片山先生吧。我叫棚。能告诉我你的名字吗？”

“我叫纳卡多。棚？听上去不像日本人的名字啊。”

“对，是啊！”棚点点头说，“这是我的笔名。工作时我用这个名字。”

不知为何，棚现在不愿告知对方自己的本名叫“翠”，也许是因为刚才被附体的男子这么叫了吧。

“那么，现在你是在工作吗？”

“可能会成为工作，我也不太清楚。”棚坦率地回答，然后问：“片山先生去世了。你知道吗？”

纳卡多的双眼似乎陡然失去了光彩，空洞呆滞起来。不过，她还是点了点头。她是知道的。

“我想知道发生了什么。”棚继续说。纳卡多再次徐徐点头，接着说：“今天已经晚了。单丢巴拉也累了，明天吧。单丢巴拉的病房空着，你可以在那儿休息。”

“病房？”棚以为自己听错了，不由得重复了一遍。

纳卡多说：“这里是诊所，所以有病房接收住院病人。要另外付钱，如果有烦恼，也可以在此得到治疗。”

“诊所？”听到这里，棚的内心再次涌起疑问，但决定明天再问。纳卡多回去向单丢巴拉报告商量的结果。马蒂依旧不拘形迹地熟睡着。是他不善于饮酒，还是这里的酒太烈了？或是被难搞的精灵附体了呢？

严格地说，棚自己并不是百分之百相信精灵的存在。但她觉得假定精灵存在，就可以丰富自己的世界，而且像现在这样，进入一个特定环境的“场合”，她也像做记号一般，使用“精灵”这个名词。因为，这里明显是“存在”精灵的世界，自己也身处这样的“场合”，成为构成“场合”的一分子。

然而，一旦离开这个“场合”，客观地俯瞰、审视这个世界时，她没有信心能继续相信精灵的“存在”。在这里，如同空气一般理所当然地存在、受人们默契公认的“死后的世界”也是如此。

棚不想在死后也要面对各种烦恼。至少她丝毫不希望死后转世投胎从婴儿开始重启人生。

关于“附体”这个问题，棚依旧不能放弃念头，认为那也许只是被称为“附体”的“症状”，是暂时性的歇斯底里。正因为如此，她想彻查片山的死因。她觉得：如果她能弄清真相，到那时至今自己无法看到的世界会终于清晰地展现在眼前。

不久，纳卡多手里抱着一团布回来了。

“那么走吧！”

棚用右手指着马蒂说：“他怎么办？他是我的司机、向导，还是翻译。”

纳卡多向马蒂轻轻一瞥，说：“他醒了以后自己会想办法吧。他也有车。不过，你担心的话，过一会儿我让人把他抬到病房里去。”

马蒂似乎没有任何不适，从睡姿看，他就此吸附在地面，合而为一，也就是说与周边融为一体了。棚也点头说：“好的，请这样做吧。”

棚跟随纳卡多，进入了方形建筑。棚的眼睛虽然渐渐适应了，但眼前依然是黑暗沉沉，没有把握看清脚下。纳卡多却如同在白昼一般自由地穿行着。纳卡多把并排着的几个建筑物中的某个门打开，里面就是单人房间。

“是这个房间。虽然小了点。”

棚从包里取出了事先准备的电筒，照亮房间。里面空荡荡的，只有一张黄铜制的床。

“啊，你准备得很充分啊。这里有的地方通电了，不过总是停电。”

纳卡多说着，开始用带来的布铺床。那团布原来是床单。

“门外的脸盆里已经汲好了水。”

“谢谢！对了，你是这儿的人吗？”棚提出了一直想问的问题。

“嗯，算是吧。”纳卡多含糊地回答。

“今天真是太感谢了。向导成了那样，没有你在，我都不知该怎么办了。”

“没事，别放在心上。那么，晚安！我睡在隔壁的房间，万一有什么事，请敲门。”

这句话令棚放下心来。

纳卡多离开后，鹏从包里取出水瓶和湿巾纸，先喝一口水，再用湿巾纸擦拭身体。以防万一，在全身涂上驱虫药。房间里完全没有装饰，好像搬光了东西的空空仓库一样。外面传来录音机的音乐。今晚就此跳到天亮吗？也许马蒂中途醒来，也会加入舞蹈的行列中。

棚躺着，思绪万千，不觉中睡去了。

胡琴声如同蛇一般缠绕脚边。不想想办法的话，寸步难行。棚做了这样的梦。醒来也仍然昏昏沉沉。外面的声音不是胡琴声，而是打扫院子的扫帚的声音。刷、刷、刷，很有节奏，但不像机器。大概是在整理昨天的会场吧。棚想着，忽然门口响起了敲门声。

十四

“是谁?”棚从床上坐起来问道。此时，她再次环顾变亮的室内。角落里积着尘埃，有几处墙皮也剥落了。作为诊所不够干净，但也没有生活过的痕迹。连护身符那样的东西也没有。

“我是纳卡多。”对方回答。棚记起是昨晚说英语的女人。

“请进。”会说英语，进别人的房间前先敲门。棚由此判断，纳卡多应该不是这个村里土生土长的，而是在某个城市接受过教育或者工作过。

“早上好，有客人找你!”门开了，纳卡多带着笑容说。昨晚在黑暗中看不清，其实纳卡多五官轮廓清晰，是一位美女。

“早上好！客人？是马蒂醒了吗?”

“不，他还在睡。”那么，究竟是谁？棚心里涌起疑团，转念一想：也许是单丢巴拉他们。“我马上准备一下。现在刚起床。”

“大约要多久？”

“十分钟足够了。”

“那么，十五分钟后我再来敲门。”

棚换洗完毕时，敲门声再次响起。棚看了一眼钟，正正好好十五分钟。

“是一个日本男人。可以让他进来吗？”纳卡多探出头来问。

到底是谁呢？棚心中疑惑，犹豫地回答：“……嗯。”于是，纳卡多缩了回去，这个“日本男人”进来了。因为来客容貌大变，棚没有立即认出来。但从那紧闭着的嘴、嘴角轻扬的独特的“打招呼”方式上，认出了是他。

“三原……先生！”棚在短暂的踌躇后，这么称呼三原。以前叫“三原君”，现在用了“先生”一词，是在棚内心由于时间造成的距离感、好不容易获得的社会性与心理上的距离感协调下的结果。

“好久不见！不过为什么你来了？”棚问道。

三原站在床边，回答：“你那个神经质男人担心各种问题，陷入恐慌，给我在日本的店里打电话，问到了我的手机号码。他几乎是哭着恳求我：快点去看看情况。我只好跳上去坎帕拉的长途夜车。随随便便地拜托我，好像只是去旁边的城镇办事一般，太过分了！他一定觉得非洲大陆只有房总半岛那么点大吧。随意差遣我这个病人。”

棚抱头苦恼着道歉：“对不起！这太过分了。”

三原笑着摇头说：“长途夜车是骗你的。可能这么早到吗？我凑巧正好要来乌干达，昨天下午接到电话时，我在边境，正好出了乌干达的出入境管理处。这时电话打来了，好像他看到我了一样。真厉害！这也是一种才能吧。”

“他的确是这样的。”棚点头同意。

“你没有带手机来吗？”三原故意用一种责怪的口气问。言下之意似乎在说，这样问题不就都解决了？

“如果带着手机来，你也知道结果会怎么样吧。”棚做出疲惫的表情回答。

“真是够呛啊，还是老样子。你也够可以的了。”声音里不带丝毫同情，与己无关。

对了，这就是三原！棚念旧地回忆起来了。淡漠于人际关系，不拘泥不强求。或者应该说，不固执吧。相反地，对于收藏工作却很执着。

“听说你是来工作的。”

“是的。”棚回答。在她的内心，对不期而遇的三原感到的惊诧与困惑一旦消失……对了！她急切地说道：“不过，一半是因为放不下片山的事情。”

“片山？……海里？”三原疑惑地问。

“对，你在内罗毕住院时，我跟他初次见面。之后，他又来过肯尼亚吧。”

“对啊。”三原点头，然后似乎想起了什么，“所以，你来见单丢巴拉吗？是他介绍你来的吗？不，听昨天钟二的口气，不可能。”

听了三原的口气，棚稍稍有些怀疑。不会吧！她打消疑虑，说道：“第二次他来的时候，你也见到他了……对吗？”

“当然啦。我销售的非洲艺术品都是巫具一样的东西，我所知道的巫师和团体，几乎都给他介绍了。给他介绍单丢巴拉的，也是我。不过，好像他又进一步通过关系，顺便去了我不认识的人那里。”

“最后至少采访了一百人。你看了他的书吗？”

“嗯？民间传说的那本，我读过。他出了新书吗？最近和海里失去了联系。不过，他不可能不给我寄采访巫师的成果啊?”

棚心中的疑团终于成了现实。她告诉三原：“片山先生去世了。”

“嗯?”三原以为理解错了，立即反问。然后他一瞬间僵住了：“不是真的吧?”

棚觉得不可思议：为什么没人联系他呢？她低声重复：“去世了。”然后，点点头，表示情况属实。

“为什么你不知道呢？纳卡多都知道啊。”

“……纳卡多?”紧盯地板上的一点、陷入沉思的三原一下子抬头，奇怪地反问。

“是带你来这里的那个女人。”

“啊！……那么，”三原试图说什么，又好像回过神来，喃喃说道，“单丢巴拉曾对海里说，回日本，就会死。”

“啊?”这次轮到棚吃了一惊，“这是什么时候的事?”

“是他回国之前跟我见面时告诉我的。四五年前的事了。那么，死因是什么?”

“不清楚。跟他一起去的鲛岛教授也去世了。不过是几个月前，听说是从楼梯上摔下来了。”

“是这样啊。”三原点头，继续说：“你们喝醉了吧。那么，那个人还在吧？”

“为什么要问这个？”棚感到毛骨悚然，不由得大声叫道。同时，记忆的匣子从深处滚落出来。对了，三原就是这样说话的。

“不在吗？”

棚死心了，低声说：“……在的。”

“是向导吧。”

“不过，你怎么会知道呢？”棚加重了语气，也不待他回答，继续说：“三原你说你认识单丢巴拉吧，还介绍给了片山。”

三原点头承认：“是的。我一直想要他的药壶，已经好几年了。不过，他总不愿卖给我。一般的巫师什么东西都愿意卖，但也有几个这样的。不过，我坚持去说服，也有人会改变主意。这次正好好久没来了，想顺便来单丢巴拉这里，没想到钟二……”

三原想说钟二给自己的手机打电话，但又似乎忽然想起了什么，小声说：“对了。”然后拿出手机，操作了一会儿后，交给棚：“给。”棚把手机贴近耳朵，听到接通的呼出声。钟二很快接了电话，明白对方是棚以后，夸张地长吁了一口气，然后迫不及待地开始倾诉自己是如何地担心。棚暂且道歉，安慰他：现在很忙，过一会儿再借这个手机给他打。她正想挂断电话，钟二说要跟三原说话，于是把手机还给三原。三原接过手机，回应着："啊啊，她很好。没事的。知道了，知道了。"然后，挂了电话，轻轻叹了口气："嗯，没办法。"似乎在劝慰自己和棚："还好由此我知道了海里的事，你也获得了一些需要的信息。""嗯，算是吧。"棚苦笑道。

三原说："刚才说到哪里了？对了，单丢巴拉！"

"片山在单丢巴拉这里学习巫医术。"

"这个我也知道。只是没想到他会如此着迷。"然后，三原抬起下颚转动，示意着整个建筑。"这里我也好久没来了。变化很大，令我吃惊。现在竟然挂出了诊所的招牌，真是吓了一跳。"

"那么，以前不是这样的吧？"

"这也是为了生存。现在大家日子都不好过。对了，现在的话，可能愿意把那个卖给我。"三原忽然露出了收藏家的表情。

棚催促道："这件事先不说，刚才说的是，单丢巴拉告诉片山回日本就会死的事情。”

三原说：“你还没见过单丢巴拉啊。”

“现在要去呢。没想到一大清早就见到了你。”

三原点点头：“那时海里说：‘单丢巴拉这么说完，给我施加了保护，所以应该没事。’……不过，还是出事了。”

三原的脸颊一瞬间抽搐了一下，好似只有那个部分是别的生物。棚感到：他在哀悼海里。如果他一个人，一定会哭吧。

三原却若无其事地接着说：“好像有一种无法抗拒的强大力量在产生作用，那种力量过于强大，以至于他身旁的人也遭到了牵连。常常有这样的事，进行同样活动的人会接二连三地死去。”

“像图坦卡蒙的诅咒？但据说那不是诅咒，而是其他原因。”

“虽然没有图坦卡蒙那么出名，现实中也有这类事。”

的确，棚回忆起了一件事。小时候，加入同一个登山团队的邻居们在几年内依次过世了。据说是因为他们一起偷偷攀登了一般人禁止进入的灵山。另一种说法是，他们都是老人，正好都到了寿命。

“在这样的力量作用下，一般很少有情况只死一个人。比如，被诅咒者的整个家族如同替死鬼一般陆续死去。”

“哼。”棚想。这是以前就有的习惯，每当三原带着这样的表情说话，棚就不由得想反驳几句。

“在整个家族里肯定有人会死啊，不可能大家一直长生不老吧。”

“可是，这也太巧了吧。总之，你也可以问问单丢巴拉这件事。我刚才去问候时，没有提到海里。我来了以后，还没见到海里，提到也是人之常情啊。”

“你已经见过了啊。”这令人出乎意料，棚不由得拔高了嗓音。

“他提到了你的向导，说他有灵媒的血统。”

“马蒂吗？他是片山向导的弟弟。”

三原重重地点头说：“有些人天生易被附体。一般都是某个巫医的施主。像古时日本的拥有狐狸的人。这跟被狐狸附体不一样。因为那是一种现象。前者的狐狸如同守护神一般，但比守护神更世俗化。狐狸也如同各自在不同世界过着同样的人生。如果他们出现了问题——身体不佳、工作不顺、与他人有矛盾、与家人不和，等等——巫医会协调此人的狐狸和他本身，向狐狸询问它的要求、解决方法或原因。甚至有些规模大的地方形成了社区，有的施主用自己的狐狸给病人进行治疗。”

啊，纳卡多也许是这类人。棚隐隐觉得。

“这狐狸在这里被称为‘镇那久’。片山也试图拥有自己的镇那久吧?”棚确认道。

“大概吧，修行，也就是出于这个目的吧。”三原的口吻有点孩子气。

棚提起这里的人应该谁都不知道自己的原名，但昨晚被镇那久附体的男子却轻轻说出了。

“我吓了一跳。片山的书里写着：一般的‘灵异现象’背后都有内幕。也许昨晚的事也有内幕，不过想想不可能吧。”

“也许海里以前在这里的时候提到了你，至少这样的可能性也不是没有吧。或者，事先跟向导串通好了。”

“啊啊，这样啊！……不过仅仅为了吓我一跳，会费那么大工夫吗?而且，片山在这里说我的事，也是不可能的。我们甚至互相不通信。”

不过，海里在这里的时候，想起棚的名字，试图“把它派什么用场”的话……棚不经意间想到。三原也若有所思，沉默片刻后说："昨晚的事暂且不提，要说他们做的究竟是魔术表演还是货真价实的本事，正如海里所说，一般都是弄虚作假。不过，好好医治却无法康复，弄虚作假却康复了，两者相较，那么还是能治好病的那个更好吧。而且，那也不是为了骗人而弄虚作假，是为了治病而弄虚作假，那就更能谅解了。"

"很宽容大度啊。在不可思议的地方听到精灵的声音，从患者体内取出'坏东西'来展示，对吧？"其实棚很遗憾昨天没目睹这个。

"使患者通过这种神秘体验而感动，身心都得到治疗。因此，根据不同的患者，有时需要精妙的骗术，有时轻而易举就可达到目的。那是一种安慰剂吧。如果说这一切都是为了患者，也可以说是为了达到治疗目的的一个步骤吧。"

"在他的书里也写着同样的内容。虽然有时不仅仅是为了治疗。"

三原缩了缩脖子说："巫医也要赚钱啊。实际上，以赚钱为目的的巫医更多吧。"

"如果昨晚是对我设了局，那么既不是为了治疗，也不会为了金钱。"

“也就是说还存在其他目的。或者是由于什么奇迹般的力量吧。”

“因为三原你也拜访了很多巫医吧。”

虽然三原的目的与片山海里不同，但光看拜访巫医的人数，也许反而是三原更多吧。三原叹气道：“我的确是‘兼顾兴趣和实利’的。我也曾听说有巫医可以治愈艾滋病，于是去看病了。发现并没什么特别的治疗办法，只是让病人服用大量的抗生素，然后随便用些草药烟熏。即便是这样的办法，对于连感冒药也从来没吃过的艾滋病患者来说，症状能暂时得到缓解，一段时间内是‘有效’的。”

“这么说，对于三原你是没有效果了。”

“我还没有发病。而且在我知道了‘治疗’内容的那个瞬间，可以说对于我的治疗已经失败了。实话实说，我非常失望。那时T细胞绝对死了好几个。”

棚忍俊不禁地说：“那么原本你还是很期待的吧。”

“那是！我还是希望奇迹发生。”三原赌气似的回答。棚不由得自我反省：刚才的话太缺少体谅了。

“咚咚咚！”有人敲了三次门，很西式的敲门方式。棚回应后，纳卡多笑容满面地出现了：“单丢巴拉在等您。”

棚不由跟三原相互对视。

“我现在就去。三原你也一起来吗？”

“我刚才见过了，不过如果能问到海里的事，我再去几次也无妨。”言毕，他急急向门口走去。棚匆匆追赶。

外面是纳卡多和一个微笑可亲的黑人青年。三原伸手介绍那个年轻人：“他叫强巴。我的翻译兼助手。他会英语、斯瓦希里语——班图语系的语言……也会一点日语。”说着，两人轻轻一笑。

“我叫棚，请多关照。”棚自我介绍着，侧眼一看，三原微微挑起眉毛。啊，对了！棚重新向三原解释：“这是我的笔名。这次是来工作，所以对大家都用笔名。所以啊……”旁敲侧击地又再次强调了昨晚发生的事情是“不可能的”。三原点点头，视线转向门上，发现门上没有锁，向棚确认：“你带上贵重物品了吗？”没想到他很会照顾人。棚如同孩子一般重重地上下点头：“带了。”

这里正好是昨天“宴会”场所的对面。裸露着泥土的地上建着几栋小屋。小屋的造型和材料各自不同——光看屋顶，有的使用香蕉树叶之类的东西铺顶，有的使用茅草，有的用白铁皮——这不是人们日常生活使用的小屋，棚的直觉告诉她：这是“神庙”。

前方有一个黑影一般纹丝不动的黑人，完全失去了往日的霸气，因此起初棚没有认出来。那好像是马蒂。还没等棚开口问，纳卡多看着棚点点头，棚这才确定那是马蒂。

马蒂表情呆滞，坐在一张三脚椅上。“把刚杀好的山羊皮盖在搭成那样形状的木桩上，就成了椅子。会渐渐变硬的。”三原在一旁低声说着这些无关紧要的事。也许对三原而言，更感兴趣的是让人坐着的“东西”、民间工艺品和生活用品，而不是坐在上面的人。不，也许是他特有的、喜欢暴露自己缺点的愤世嫉俗，促使他故意强调这一点。

棚这么想着，迅速地摇了摇头，试图驱赶走脑中三原的话：“马蒂，你没事吧？”

马蒂听到后，抬起憔悴的脸扭头看来，发现是棚就嘟哝了几句。棚没有听清。

“先不要打扰他。”纳卡多注视着棚的双眼说道。棚没有完全理解事态，姑且按照纳卡多说的做吧。她向马蒂点点头，示意等一下，然后走过去了。

“博噶勒还在吧？”棚问纳卡多。

“不在了，他说你应该见的不是自己，而是单丢巴拉，所以回去了。”

棚不知道该如何是好，先暂且回答：“啊！”

“在那里。”纳卡多手指“神庙”中的一个。

“那里我没进去过。会有什么呢？”

棚不由得想象：三原好像要进藏着宝藏的山洞探险一样，一定心情激动吧。

“这里是夜晚学徒们跟镇那久见面的地方。”纳卡多一边说明，一边进门。屋子里面——三原一定失望了——几乎没有他满怀期待的巫具。单丢巴拉穿着白色开襟衬衫端坐着。和屋子里的普通气氛一样，他自己也完全没有巫医那种神秘感。看上去是木讷寡言又顽固的村子长老。纳卡多请棚他们也坐下。椅子跟马蒂坐的一样，是低低的三脚椅。

“谢谢您昨晚让我住下。”棚先道谢。单丢巴拉的表情几乎毫无变化，点点头。一阵沉默过后，棚决心要说明一下来这里的缘由。

“昨天我们去了博噶勒的村子，才知道博噶勒来这里了。向导马蒂说：那么我们到这里来吧，还能见到单丢巴拉……”单丢巴拉依然喜怒不形于色地点点头。棚继续说：“其实我是片山海里的朋友。话虽如此，其实和他生前关系也并不密切。

他的死法离奇，我无法释怀。正巧由于工作来乌干达，所以就想拜访一下他见过的巫医。不管怎样，原本也想来拜访单丢巴拉您的，正好利用这个机会来打扰一下。”

“马蒂来是在附体于他哥哥身上的镇那久的指引下来到这里的。”他的声音比想象的要高亢。

“去世的哥哥吗？”

“对！”单丢巴拉再次深深点头。

“是片山的翻译，对吗？”

“对。”单丢巴拉的脸似乎有点扭曲了。

“您觉得他的死因跟片山一样吗？”

单丢巴拉没有立即回答。三原从一旁插嘴：“片山海里在这里学习了什么？他是不是也想获得跟你一样的力量？能不能给她讲讲你的治疗方法？”

棚觉得这样的询问方式真是三原的作风，但如果要从这个问题切入的话，不能这样问。于是，棚撇开三原的话题说道：“是怎么来治疗达巴的呢？马蒂说昨晚的病人也患有达巴。”

单丢巴拉苦笑道：“一个一个来，一个一个来。”

“达巴是可以驱动恶水和善水的力量。它也有好的时候，但一旦进入人体，一般就会作恶。达巴由镇那久带来。像昨晚那样严重的情况，就需要另外请一个法术高明的灵媒，直接跟把达巴放进患者体内的镇那久对话。不过，一般是把它拉进自己体内，听它讲话。”

“这种情况的‘话’，是语言吗?”

“我在精神世界里跟镇那久对话时，使用有力的‘语言’。片山最初想学习的也正是这种‘语言’。而镇那久它们在跟我们对话时，不是用‘语言’，而是用影像和痛苦。我把它们转化为这个世界的语言，进行重组。也就是现在他在做的‘翻译’。”

单丢巴拉瞥了一眼在棚旁边翻译的强巴。

作家也像灵媒一样啊。把客户需要的东西写成文章或故事。棚这么想着，单丢巴拉说：“类似你的工作。”

棚的直觉告诉她：他在不同世界与人见面交流啊。她微微一笑：“我现在正这么想着。”

单丢巴拉依然有节奏地点点头：“嗯嗯。片山有一个未完成的工作，想要托付给你。”

棚正想否定：“我说的不是这样的工作。”

单丢巴拉说：“还有一件事，是一件别的事。要告诉你死者的事。”

然后单丢巴拉陷入了沉默。棚不明意思，正想询问：“什么？”单丢巴拉低着头，时而轻轻摇头，时而点头。然后说：“我的镇那久这么说。抱歉，我也不明白。”看来单丢巴拉说话时也一直在跟自己的镇那久交流。

“另外一件事。”棚喃喃道，感到大脑的某处忽然活跃起来了，如同打开了开关。

“请再告诉我一些达巴的情况。”三原问道，似乎对达巴兴趣浓厚。

单丢巴拉点头回答：“长久以来，达巴时而附身于山羊，时而附身于人类，忽大忽小。与现在相比，几乎没有变化。一次从外面来了一个邪恶的巫师，赐予达巴无限长大的能力。他教了达巴这个方法。于是有一次，达巴变得太大，脱离了人类的精神世界，开始直接附体于世界。达巴很享受这一切。镇那久也很享受。无论是雨季还是旱季，洪水还是干旱，只要强大的力量在作用，都自然而然地成为了达巴的力量。如今世界各处都留下了达巴的种子。直到现在，它们的势力也在不断增强。片山试图查出达巴是从哪里获得力量的。但是镇那久不愿告诉他。达巴就如同镇那久的家畜，它乐于见到自己的家畜生长得肥壮有力。理所当然的，对片山所做的事，镇那久自然不会协助，甚至进行阻挠也是可以理解的。我对片山反复强调：我们是巫医，不是侦探，我们只要治好病就行，但片山执意进行调查。”

“听说片山要回日本时，您预言说他一回日本就会死。”

单丢巴拉的表情有点扭曲了：“我警告过他，也想方设法、竭尽全力了。片山如果回去，他的镇那久也会追随他去。这样就开创了一条新的通道。虽然也有好事，但会带来更多难题。因为片山带去的镇那久在当地还会吸引达巴。片山说他会掌控好的。然后，他也打算解放镇那久。可是，一个镇那久是涓涓细流，无数镇那久就汇聚成波涛汹涌的浊流了。面对这一切，他又能怎么办？我早就知道片山会失败的。片山死了，但是镇那久没有认识到自己得到了解放。片山死后，镇那久变成影子，变成旋律，开始找寻可以带自己回去的人类。然后它回来了。”

“嗯？”棚半信半疑。

“你会留在这里吗？”单丢巴拉转向棚问道。棚不清楚这个问题是不是在对自己发问，回答：“不。”然后马上补充说：“工作结束就回去。”

“工作、工作，”单丢巴拉嘟哝着，“片山留下的工作是纳卡多。”转而向纳卡多点点头：“过一会儿见。”就出门离开了。

棚纳闷地注视着纳卡多。纳卡多缓缓道：“我是片山的第一个客户。”

众人大吃一惊。

十五

“第一个客户。”

棚低低重复纳卡多的话。纳卡多稍稍低垂视线，然后一字一顿地缓缓说道：“我拜托他、帮我、找寻、失踪的、妹妹。”纳卡多有妹妹啊！不过，这样的事也属于巫医的工作范围?！棚觉得惊讶。

三原对棚说：“她是双胞胎中的一个。”

“你怎么知道的呢?”棚觉得连三原也如同神灵附体了一般。

“纳卡多这个名字只用于双胞胎姐妹中的一个。在这个国家，双胞胎被认为特别神圣。一旦诞生了双胞胎，他们的名字就确定了。甚至连父母也会被要求改名。父亲改为萨隆果，母亲改为娜隆果。要是你遇到这样名字的人，他们一定是双胞胎的父母。从孩子诞生的那一刻开始，身为双胞胎父母这件事，他们一辈子都无法逃脱。双胞胎如果是女孩，就取名为纳卡多和巴巴蕾，如果是男孩，就取名为瓦斯瓦和卡多。如果遇到这样名字的人，就知道他是双胞胎的其中之一。”

棚刹那间难以置信，惊诧地问道：“真的吗？”然后转头看纳卡多。虽然三原说的是日语，但纳卡多听到了自己熟悉的名字，大致理解了意思，因此微笑着点头。

“那么，她妹妹名叫……巴巴蕾？”

初次见面报出名字的一瞬间，（即便自己独自长大）对方就知道自己是双胞胎。如果换成自己，一定会受不了的。棚觉得很可怜。因为，借用三原的原话，人们的眼光在说你是“其中一个”，而不是一个独立的个体。

“是的……巴巴蕾。”

纳卡多似乎有些寂寥。此时，他们表露感情的方式是无遮无拦、直截了当的。不像日本人，尽量不示弱，或者因为迫使对方感受自己的难过，感到无比抱歉，继而强颜欢笑。他们并不隐藏自己的悲伤。

“小时候，被LRA劫走了。”

棚感觉气氛一下子变得沉重冰冷了。LRA是名叫“神的抵抗军”的反政府组织。他们是武装游击队，袭击村庄，抢夺物资和粮食，劫走孩子，培养成士兵。他们由于穷凶极恶、残暴无情而臭名昭著。

“巴巴蕾当时在家里帮助母亲干活。我和奶奶在地里干活。听到村里传来枪声，奶奶把我藏在附近的草丛里，一个人回去查看。我等啊等啊……可是，左等右等，奶奶也不来接我。在天色渐暗的时候，我一个人从草丛中溜出来。回家一看，只见奶奶倒在门口，是被枪杀的。家里的母亲双眼被戳瞎，昏死过去了。到处都找不到巴巴蕾。”

纳卡多吸了口气。棚闭上双眼。谁都不插话。如果碰触一下，一定是钢铁般冰冷的沉重空气，在纳卡多的声音下再次震动起来。

“村里的男人们早在几天前就几乎被杀光了。爸爸半夜被揪出去，跟其他人一起在学校后面被枪杀了。天明前听到枪声，妈妈和奶奶发出惨叫，哭泣起来。留在村里的都是妇女、儿童和老人。他们在村里为所欲为。”

纳卡多垂下眼帘，紧闭双唇，轻轻摇头。然后又接下去说：“不久妈妈也去世了。嫁到邻村的姑姑，跟她丈夫一起来帮助我们。我被姑姑收养了。但是，她家的生活也很困难，我觉得我应该离开她家，于是一个人回到了村里。正好中央派来的政府军队来村里视察。我鼓起勇气，走到其中看上去最温和的人前面，说：‘我是孤儿。请救救我吧。’他把我带到了坎帕拉的基督教孤儿院。我在那儿接受了教育。”

纳卡多深深叹气。棚想：片山海里也一定听过吧。

纳卡多继续说：“我们是双胞胎。而且，是特别的双胞胎。只要我们在一起，不说话，也能互通心意，无论是痛苦、喜悦，还是憎恨。一个人感觉到的东西，另一个人也感同身受。巴巴蕾被掳走以后，我没有一刻感到放松，一直很紧张。因为我知道巴巴蕾一定处在这样的境遇中。晚上也无法熟睡。后来有一次，我感觉到巴巴蕾已经不在人世了。”

纳卡多再次叹气。每次讲述，当时的场景一定历历在目吧。仿佛努力坚持一项艰巨的工作，她深深吸气，又开始讲下去。

“那如同忽然的晴天霹雳一般，令我全身寒毛直竖，心脏也停止了跳动。我大叫一声，倒在地上，被搬到了床上。等我苏醒以后，环顾四周。我似乎在一个陌生国度的海边，被海浪冲刷到沙滩上。以后，我一直有这样的感觉。稍稍习惯一些后，我又觉得胸口剧痛起来。巴巴蕾已经不在人世了。但是，我一定要见到巴巴蕾。我要去她死的地方。一想到这一点，我心里就只有这一个念头。不过，LRA 在不断改变据点。我拼命追寻劫走她的部队的行军路线，找寻她去世的地点，但都徒劳无功。我十六岁时，离开了孤儿院，在最初搭救我的恩人那里做女佣。他是外国人，过了几年，他回国了。他给我介绍了一份工作，但我没有去。当时我听说了单丢巴拉，我想如果是他，一定会知道巴巴蕾去世的地点，于是我来到了这里。然后，单丢巴拉就……”说着，纳卡多微微一笑，“他说：‘这个片山知道。’‘片山？’我一瞬间不知道他在说什么，还以为是镇那久的一种。但是，单丢巴拉不再说话了。我无可奈何，只好走出小屋，询问：‘片山在哪里？’人们指着一个像中国人一样的人，告诉我：‘是他！’因为他很像我以前做女佣时居住地附近的中国邻居，所以我这么以为了。我大吃一惊，走到他身边，告诉他是单丢巴拉这么说的。于是，他回答：‘啊，我的镇那久告诉我你要来。’”

“他说‘我的镇那久’啊。”三原坐在棚的旁边，轻声说道。

“对，他是这么说的。但是，看似并不高兴。因为我不了解片山，还以为他就是这样的人。后来我才知道，也许当时片山就知道，在自己的有生之年无法完成这项工作。总之，事情并没有如同我所期待的那样发展下去。”

纳卡多说着，似乎当时的沮丧和失望历历在目，忽然颓丧起来。

“‘奇加尼会来，然后就会知道。’片山的镇那久只说了这几句。片山也感到很为难。单丢巴拉让我在这里等奇加尼。也因为当时正好要开‘诊所’，需要人手。片山虽然也会见其他客户，但到回国为止，一直考虑着我的巴巴蕾的事。‘即使那样，奇加尼也会来。’镇那久一直反复说着。有一次片山说：‘啊！是小翠吧。’”

毫无预兆地突然出现了自己的真名，棚大吃一惊。三原说：“‘奇加尼’是描述叶子等颜色时使用的词语。嗯，跟英语的 green 差不多。Green，让他联想到绿色了吧。”

“那么，为什么是我？”棚好像完全没有心理准备，却突然被委以重任一般，顿时手足无措了。

“估计他也是走投无路了。你跟片山认识的时候，还在用‘小翠’这个名字吧。”

“那倒是的。”

纳卡多等待他们的日语对话告一段落后，继续接着说。

“片山回国前，为巴巴蕾的事，非常歉疚地向我道歉。但是他还说：‘也许名叫小翠的日本人会来，这样她就会告诉你巴巴蕾的事。我觉得。’这种语气是片山常用的。其他巫医都

‘斩钉截铁地断言’：这样，这样！但是，片山往往开始会说：一般的话，我觉得。”

考虑到片山海里的学者身份，这么说是理所当然的，但是在此也许被视为一种怪癖吧。

“……你是小翠？”

纳卡多注视着棚的双眼问道。但其实纳卡多已经知道了。棚想着。她是怎么知道的呢？她一开始就知道棚的真名吧。

“对。”棚点点头，脑海里一个声音在说：承认了就完了，已经逃不掉了。她索性下定决心：事到如今，只有放弃挣扎了。她也有一种自尊，是自己明白一切，才接受这样的命运，而不是被什么操纵了。纳卡多再次叹气。但与刚才不同，这次的叹气带着一种安心和敬畏。

“那么，你在乌干达期间，我可以跟着你吗？我不会开车，但可以帮你做一点翻译。”她膝行挨近棚哀求道，带着一种不可抗拒的气势。

“……你妹妹一定很可爱吧。”棚故意这么说，试图拉开距离。

“不！”纳卡多摇头道，“不是这样。死去的是我的另一半。如果不弄明白她死在哪里，剩下的另一半也始终生不如死。”她说着，表情有点扭曲。此时，一直冷静讲述着的纳卡多初次露出了这样的表情。

棚下定了决心：“……好吧。但是，我完全没有信心可以找出巴巴蕾的所在。我本来是来工作，调查乌干达的观光资源的。你能帮助我工作，我很欢迎。如果对你来说，这样可以的话。”

纳卡多的表情骤然明朗起来：“你一定会带我找到的。”

“你可别这么期待啊。”棚正想强调说。三原问道：“现在你打算去哪里？”

棚报出了几个地名后，三原说：“那样的话，坐我们的车怎么样？我们中途会经过那里。你的司机也需要休息。”

棚本来想今天马蒂会恢复的吧，既然三原这么主动提出了，就感激地接受了他的好意。于是，他们约定等纳卡多做好准备，中午出发。

“他说了‘奇加尼会来，然后就会知道’啊。”走出神庙，三原重复了片山的话，叹了口气，随后似乎想起了什么，开玩笑似的说：“按照单丢巴拉的说法，海里的镇那久附身在你那里了吧。你是不是应该顺便请他帮你驱魔？”

“正如他所说，那些也是精神世界的产物。即便他所说的属实，我到现在没有出现生病等情况……”棚说着，瞬间想起了火星。那个病，莫非是……

啊！不能让这样的疑虑在心里扎根筑巢。这简直就是自己引导达巴进入体内。灵媒师们可以“准确言中”，是因为相信灵魂存在的“客户”在无意识地提供协助。

她强行压下忽现心头的火星的病，转变了话题。

“单丢巴拉所说的‘达巴附体于世界’，是指厄尔尼诺现象或拉尼娜现象吧。如果再次翻译一下单丢巴拉的‘翻译’。”

“说的是达巴长大吗？‘翻译一下的话’，应该是吧。”

“那么，那个‘坏巫师’呢？”

“嗯……也许并不是指人类。人类的欲望啊，无比巨大的潮流，等等。”

“是全球性的？”

“也许更接近于，最近被称为‘全球化’的一切事物的根本来源。”

“全球变暖。”

“这只是达巴引起的结果，不是原因。……不，等一下。……我现在说话的样子是不是很像单丢巴拉？”

“对！”

三原皱起眉头。

“……对啊。喂?”棚注意到沉思中的三原消瘦了不少。他的消瘦不太正常，肚子周围鼓鼓的，反而给人长胖了的错觉。脸颊凹陷，脸色委顿。有时，那异常兴奋的说话口吻，虽然是一如以往，但又似乎不同以往，带着一种病态的热切。

“不必在意。对了，我们的车停在哪里了?”

“在那里。”

他们经过神庙旁边，来到停着几辆车的碎石地。在丛林的边界，纹丝不动地矗立着一只秃鹳。似乎这片土地深藏重大秘密，而它是守护土地的看守。它是鹳鸟类中体型最大的，却没有鹳鸟名字所带的喜气，相反给人阴森不祥之感。三原走近路虎越野车，原本应该是白色的吧，现在泥迹斑斑，难以辨认。他打开车门，开始整理后座的东西。他在为新增的乘客们腾出空位吧。

他的店经营非洲民族服装、杂货与饰品等。现在生意蒸蒸日上，在日本也开了分店。棚记得他以前经常说：“要挣钱啊。因为活着就需要钱。”他说的是医药费。

现在跟那时不同，抗 HIV 药也更先进了，医疗制度也更完善了。当时感染了 HIV 病毒的发展中国家的人，大抵由于经济原因发病而死。无论嘴上说得多么漂亮，生命的代价存在于现实世界的某个地方。有时，他一边吞下胶囊药，一边面无表情地吐出几句话：“我深切感到：我这样的人能活着，真是极尽奢侈的兴趣爱好。”被检查出 HIV 阳性后，三原也不回日本。他常常说理由是“在这里生活费便宜”，那未必是玩笑话吧。

“想看这个商品目录吗？”

他和 NGO 合作，请当地人使用当地可以找到的材料，制作小物件和饰品。他事先准备好款式设计的图样。三原给棚看的是拿到客户那里的样品照片。令棚吃惊的是，独具非洲特色、色彩鲜明、充满力量的款式设计，几乎都出于三原之手。

“我让他们在日本展示的时候，用黑色布料作为背景。这样可以更映衬出原色。如同黑人穿原色，会惊人地漂亮。道理是一样的。”

这样制作出来的作品会给当地人带来现金收益，三原他们也可以获利。在当地无法搞到手的，如加工用的药品等，由三原他们从内罗毕运来。这次也是这样的“商务出差”，顺便收购民间工艺品。

十六

车窗外的景色缓缓流淌，不时地有民居跃入眼帘。简朴的茅草屋顶上随意地摊开晾晒着洗过的衣物。那幅不可思议的悠闲景象令人感到稀奇，也感到怀念。在屋顶上直接晾晒洗过的衣物，是棚的人生中从未见过的景象，却感到怀念，说来很是奇怪。也许棚从中感到了平平淡淡的日常生活的真切吧。牛群顶着水牛那样威风凛凛的牛角走在路上，也是精彩无比。牛身精悍，跟巨大的牛角不成比例，但精壮有力。日本牧场的肥壮牧牛在体重和大小上远胜一筹，这里的牛却带着一种无法抗衡的强大气场。这些如同流浪武士一般的牛，不时地瞥一眼车内的乘客，按照各自的节奏，行走在车的两侧。让人感到虽然是跟着群体在移动，却各自带着从容。

棚能冒出的仅仅是感叹词了：“哦！”“哇！”她觉得，同样作为一个生命体，完全被压倒了。

“虽然规定牛不能在路上走。”纳卡多表情带着歉意。

“为什么？牛应该也是在路上走更轻松吧。”

刚才的牛群里，没有看到放牛人。也许牛擅自走在路上的话，没办法吧。

“因为牛会妨碍交通。”

这就不关牛的事了。要说妨碍，是相互的。

车子上下左右剧烈地摇晃。没有完全避开水坑，结果一只车轮陷进去了。没想到是一个深坑，车体猛地倾斜，让棚感到由衷的恐惧。这种时候，棚总是无意识地向反方向移动身体的重心。

“马上进入穆本德路了，会舒服一点。”三原回头，笑着安慰棚。

“穆本德？是去穆本德吗？不是马辛迪？”纳卡多在一旁意外地失声叫了起来。穆本德从温佐向西，马辛迪则向西北，到两地都差不多半天的车程。

“我们不去马辛迪。中途路过穆本德，然后继续西行。”

纳卡多一听，突然飞快地喋喋不休说起来。

“应该是北方。有大瀑布，也有野生动物国家公园，游击队也……”

从马辛迪再往北，是默奇森瀑布国家公园。它是乌干达最大的国家公园，默奇森瀑布在整个非洲大陆都堪称壮观罕见。可以看到大象、鳄鱼、狮子等动物。LRA出没在这一带到北部边境，因此有时公园会闭园，不过已经重新开放了。纳卡多自己猜测，棚一定会把默奇森瀑布国家公园作为观光调查的一个目的地，这时就可以获取被LRA掳走的妹妹的消息。

“你听说你妹妹在北方吗？”

“没听说过。但很多娃娃兵在北方得到了解救……”

纳卡多焦急的心情也可以理解。如果现在她的妹妹的确有危险，棚他们也可以优先考虑纳卡多的意愿。不过，情况并非如此，而且棚有她自己的计划。

“穆本德有那卡依马树吧。据说片山曾在那里停留。然后，比穆本德更远的地方，有鲁文佐里山——‘月亮山’。我想去那里。”

登美子的熟人应该在山脚的部落里进行活动。鲁文佐里山所在的国家公园一带是山地，到处是海拔超过五千米的白雪皑皑的山峰。临近刚果边境，在内战时很多难民逃到山里，为了获取柴薪而砍伐树木。听说登美子的熟人在这里参加植树造林项目。但是，棚不知道这次是否有时间相见。不过，棚想去鲁文佐里山，跟这件事并无直接关系。因为那里是热带雨林、湿地、草原、山区混杂的特殊地带，可以观察到各种不同的植物和动物。作为旅游信息，棚可以提出建议：如果想要参观森林大象、大猩猩、黑猩猩，和当地的环保团体商量一下，就可以实现。在稍远的周边地带也有茶园，以及度假村一样的地方，可以喝着美味的茶，欣赏山景。如果能够实现，会给当地带来一些经济效益吧。

“我要去这附近的波特尔堡。途中路经穆本德，作为休息点，经常在此停车小憩。所以，我邀请棚搭我的车去。”三原盯着纳卡多的双眼说明道。纳卡多不肯罢休：“可是……”

棚发话了：“你好好想一想。为什么是我？如果想去北方，跟别人去也一样吧。去北方的人很多。但是，必须跟我去。那么，应该跟我的计划有关吧。”

一瞬间纳卡多的前倾姿势好像缩回去了。她低垂视线，小声说：“……对，的确是这样。”

棚觉得纳卡多率真又聪明。估计比棚年轻十二岁以上吧，幼年遭遇的种种不幸也未能扭曲她与生俱来的率真性格。

“不过，镇那久真的会想得这么远？”三原用英语说。

“镇那久不会考虑，它只是知道而已。”

纳卡多淡淡地回答道。听她的口气，棚本能地觉得不要再纠结于这个话题了，心中默默祈祷，希望三原不要较真。也许祈祷奏了效，三原不再继续说话，沉默起来。他们感到在车里的不仅仅是他们四人。

车窗外的风景渐渐出现湿地。

“啊？那是什么？我好像在照片上见过。”

在日本的话，在生长着芦苇的环境里，群生着巨大的类似具芒碎米莎草的植物。开车的强巴瞥了一眼窗外，点点头：“那是帕帕依拉斯。”

“帕帕依拉斯？”

“纸莎草。”三原翻译说。

“啊啊，原来如此。”刹那间，过去读过的有关纸莎草的各种知识掠过棚的脑海。这里的环境适合纸莎草生长。由于海拔高，因此不感觉炎热，其实这里几乎是挨着赤道下方。

“纸莎草也在不断减少。尼罗河流淌到埃及附近，那一带已经不长纸莎草了。这里的景象能维持到什么时候呢？”

“啊！跟古代的纸莎草一样的纸莎草竟然就在眼前，简直像做梦一样啊。”棚话音刚落，强巴忽然减速，把车停在路边。然后打开车门，一言不发地下车去了。

“怎么了？”

“强巴为你去拔纸莎草了。”

“他真好。”棚感激地紧握双手。纳卡多笑眯眯地看着棚。

“他很细心。”三原有些自豪。

“没想到你这么喜欢‘非洲人’。”棚不清楚强巴是哪里人，姑且用了“非洲人”一词，刚说完，马上就预想到：对这么笼统的说法，三原一定会有意见吧。

“一般都很讨厌。”没想到三原淡淡地回答。棚知道纳卡多不懂日语，但还是不由得在意起来，朝她看去。只见纳卡多怔怔地盯着车窗外。

“啊，这样啊。”

“不过，我更不喜欢日本人。”

“这样啊。”

原来他只是讨厌人。棚在心中想。

“但是，强巴是好人。”

“他很诚实，即便对于金钱。这点在‘非洲人’里很少见。”

“对你来说，‘非洲人’到底是怎么样的？”

“每个部落的人各不相同，但总体来说来到城市里的人都狡猾精明。得到势力的人都对权力有无尽的欲望，无法得到势力的人只考虑金钱和性，只想着如何多剥削一些，如何得到享受。他们会搬出惊人的理论，企图正当化自己的行为。衣食足，知礼节，的确是这样啊。然而，国情不稳定，也意味着充满各种可能性。看着丑恶，却也生机勃勃。”

三原说到“性”，没有使用外来语的词语，也许是在意可能在倾听的纳卡多吧。尽管如此，三原竟然如此断言，棚颇感意外。

“未必每个人都这样吧。去城市也是因为在老家无法维持生计。也有人作为全家生活的希望来城里吧。”

“但一般都是那样。确实也有例外。像强巴这样的人真的是少见。”

“一般都是那样？这也太武断了吧。至少能不能说：这样的人很多。”棚不罢休地反驳。

三原对她的纠缠苦笑了一下：“嗯，在日本只要撕开表面，本质也差不多。在非洲，怎么说呢，如讽刺画一般鲜活真实。没有隔着一层纱，赤裸裸的，活生生的。人类的本质真真切切地呈现出来。没有多余的装饰，因此简单易懂，不用伤神费心。虽然也感到厌烦。”

纳卡多看着棚，表情似乎在问：刚才你们在说什么？棚翻译给她听：“三原说非洲人不会隐藏自己的感情。”三原听了，向纳卡多认真地点点头。看他那副郑重其事的样子，棚不知应该失声而笑，还是惊讶万分。不过无论哪种反应，敏感聪慧的纳卡多一定会通过棚的细微反应猜透对话内容的吧。也许她已经猜到了。于是，棚假装毫无表情地望向窗外。她又转念想到：虽然如此，三原还是把他们作为平等的人来对待。正因为如此，也会“感到厌烦”。较之那些只知道对他们进行剥削、施舍或者教化的人，三原已经够不错的了。

“虽然你抱怨了不少，但内心还是喜欢非洲吧。”

三原有点嫌恶似的说：“你不要找到自己能接受的说法，然后那么轻易下结论吧。”

棚稍稍思考了一下，诚恳地道歉说：“是的，的确是有点过分了。对不起。”

“不要这么快就反省吧！我以前一直这么说你。”

对了，的确是这样的。棚想起来了。

“不过，觉得自己错了马上反省，是我唯一的长处。”

“那么，缺点就是反省以后完全没有吸取教训啰。我以前也说过同样的话，你记得吗？”

“关于非洲吗？”

“对，海里还在的时候。”

棚竭力试图想起，但找不到那段回忆。

“是吗？”

此时，棚旁边的车门打开了。强巴似乎在献花一般，面带微笑，递给棚一束柴薪般的绿色纸莎草。植物和沼泽地的气息在车内弥散开来。

“啊，谢谢！好棒啊！”

“这是一整棵纸莎草。”

三百六十度、呈放射状展开的芒草穗子的顶端非常华丽，切成四五十厘米长度的三角柱形的草茎约有十根。把草茎从粗到细地捆扎，最后放在顶端，就做好了。

强巴回到驾驶座上，开动了汽车。

“欣赏完了，就把它留在这里吧。”三原说，“因为规定禁止采撷。”

“不过，大家用来铺屋顶、编筐篮。”强巴对棚说，言下之意是不必在意。棚抚摸着三角形的断面：“软软的，好像芋头茎啊。禁止采撷？是怎么回事呢？”

“规定说只能几个月采一次。政府在外国的要求下，开始了保护湿地的政策。确实，沙漠化在不断向北方延伸。而且连我都能看出来势汹汹。”

三原用英语明确地说了湿地保护、沙漠化等词语。这是想与车内的所有人共享这个话题吧。实际上，纳卡多也点点头，说明她的确听懂了。

“我听说沙漠化加剧了。对了，如此说来，湿地也会干旱。雨量也减少了吗？”

“原本就是不下则已，一下就是倾盆大雨。干旱对于农作物也造成了影响。现在我们要去的鲁文佐里山原本也是湿气很重的地方，但听说最近变化很大。湿地的面积也变小了。”

“听说冰川面积在迅速地萎缩呢。”

“据说以后会完全消失。”

棚叹了口气。不觉之间，窗外的景色已变成了草原，草原上稀稀疏疏地生长着刺槐树。棚眺望了一会儿，忽然想起了什么，问坐在一边的纳卡多是否知道片山关于那卡依马说了什么。纳卡多回答不记得了，不过听自己的朋友说过，朋友的曾祖母在幼年曾见过活着的那卡依马。啊？真的？棚惊讶了，内心还是半信半疑。

那卡依马树是留存在乌干达的神树信仰的发源地，如今依然矗立在距离穆本德市区约四公里的穆本德山平坦的山顶上。虽然众说纷纭，但在当地最为人笃信的说法是，这是具有神奇力量的名叫那卡依马的女子变化而来的树，它现在也还活着，可以实现人们的愿望。很多信徒从附近云集而来，城里有那卡依马路、那卡依马酒店等以那卡依马为名的地方。据说当地政府也对他们笃厚的信仰表示尊重，尽量不与之为敌。

关于这个女性的传闻，除了据说她可以自由自在地消失和出现，最后化身为树了，没有多少其他的信息。近年出现了一个女人，自称是那卡依马的远亲，开始口述具体的传奇故事。片山海里来到这里，见了这个女人。不过，片山几乎没有提及访谈的内容，只是寥寥数语记录道："没有死。只是到了消失的时候就消失了。最后变形为树。"

这句话盘旋在棚的脑海中，挥之不去。

十七

不久，夕阳渐渐西下，只见道路两侧出现了一片摊位林立的区域，三原告诉大家："这里已经是穆本德了。"

强巴减缓速度，把车停在路旁。部分摊位已经早早开始收摊，但各处仍然氤氲着炭火的烟雾。各自的店前放置着切开汽油桶改装的炉子，年轻男子和男孩们走来走去，烤着肉、玉米、木薯等。完全看不出谁是"店老板"。

他们这种悠然自得的"慢吞吞火烤"，令人感到了在非洲司空见惯的"打发时间的方式"——如同政府办事窗口前永不前进的长队、不知何时会来的公交车、过了开店时间许久也不开门的店前耐心等待的人们，还有一味等待降雨、无所作为的农耕方式。他们似乎对一直等待、无事可做这种状态满不在乎。从他们身上感受不到焦虑、不快或痛苦。这么说虽然有点奇怪，但无事可做令他们感到轻松。也许是祖先们经历了长时间被统治，完全习惯于糟糕情况，最终放弃了挣扎，并从中获得了适应能力吧。或者是由于他们与生俱来的生性豪爽吧。估计两者兼有吧。不过，即便这种情况下，女人们还是在不休不停地干活。

棚在思考这些问题时，强巴离开驾驶座下车，走向摊位。好像是去买东西了。棚暗自想象：他的行动里毫无一丝犹豫，作为三原的搭档，他靠着无言的默契在行动着。

“这里的烤鸡很好吃。”三原一边取出手机，一边说，“然后，去城里住宿一晚。在这之前去那卡依马树？”

“会不会太暗了看不清？”

“会。不过有手电筒。等一下，晚上树旁有没有灯光照明呢？”

“以这种方式初次见面的话，第一印象会产生偏差。所以为了明早，今天还是早点休息吧。”

棚觉得要让三原早点休息。他本人虽然没说，但转过来的脸上充满疲惫。三原联系酒店，告知现在四个人要去酒店。强巴如同拿着扇骨一般，一手举着四根烤鸡肉串回来了。鸡肉插在约莫四十厘米长的巨大木签（手工木制）上。

“那些走来走去的男孩在那儿干什么呢？”

“等公交车经过的时候，一起拥到车窗前，向车内乘客推销东西。”

棚无言地重重点了点头。

酒店位于城内中心位置。粗陋的建筑，如果没有招牌，简直看不出是酒店。甚至那个招牌也毫不起眼，不被提醒的话，很难注意到。三原说这家酒店是这里治安、服务和价格最好，性价比最高的。棚觉得可能会用上，就拍摄了酒店的外观。

棚和纳卡多被安排到里面的房间，她们自己把行李搬进去了。且不说极度疲劳的时候，自己能搬的时候，自己搬也无所谓。但愿这样房价也能相应地“合理”。棚决定把这一点也写进稿子。

房间比想象的宽敞，但厕所和淋浴是公用的。

虽然吃过烤鸡肉肚子饱饱的，棚还是邀上纳卡多去楼下前台，让她询问附近有没有饭馆。棚觉得只有这样，才可以找到不是“针对游客”的饭店。不过，棚后来才发现：别说是“针对游客”的饭店，饭店数量原本极少，满足“现在可以用餐”这个条件就足够了。

“最近的饭店从这里出去，就在左边拐角处。”

“晚上就去附近的饭店吧。”

棚不知道，在这一带，两个女性晚上外出用餐，具有多大的风险。不过，如果外出很危险的话，三原他们会事先提醒的吧。而且，夜幕刚刚降临，纳卡多神色如常，前台也漫不经心地回答了她们的问题。棚觉得不会有事，于是跟纳卡多一起走出了酒店。

某处在举行舞会吧，“噪声”仿佛在眼前流淌。这一路看惯了草原和湿地，仅仅数栋建筑林立着，就能令人感到“文明”的气息。即便如此，这里还不至于由于光污染而看不到星空。夜空和道路尽头、建筑的背面，到处是深不可测的黑夜在静静等待。那里吹拂而来的风，惊人地凉爽。

估计是这里吧，只有这里了。她们找到那栋建筑，从貌似入口的地方进去了。饭店外观和内部照明都很昏暗。这绝对不是为了营造气氛，是电力供应量不够的问题吧。店内几乎没有食客，即使有，棚也无法区分是食客还是工作人员。一个穿着普通 T 恤的男子站起，过来点菜，估计是服务员吧。在纳卡多的“推荐”下，棚点了啤酒和几个菜。

“片山总说，给我冰啤酒。”

也许纳卡多在好心提醒自己：可以让服务员拿冰的啤酒。

“我不那么在意。冰啤酒很好喝，不过常温的对身体好吧。”

纳卡多频频点头：“对，对。是的。我也常跟片山这么说。”

“不过，日本男人毫无例外地都喜欢冰啤酒。”

“为什么？”

“就是这样的啊。”

怎么解释“吞咽时很舒服的感觉”呢？棚一边思考，一边说：“啤酒通过喉咙的时候，那种刺激很舒服吧。”

棚用双手的食指对着喉咙做连续刺扎状。

“不明白。”纳卡多大笑。有那么好笑吗？棚想着，但在纳卡多的感染下，不由得也笑了。笑着笑着，啤酒上来了，于是两人干杯。棚暗暗想：还是不能违心地说，常温的啤酒好喝啊。

“怎么样？”

“嗯，好吃。”棚点点头。在外国，如果上来的菜真的好吃，她就睁大眼睛竭力称赞，觉得还可以下咽，就像现在一样安静地回答好吃，如果完全不合口味，就答复：味道很特别。

“对了，纳卡多你以前见过类似那卡依马树的树吗？”

“没有，”纳卡多摇摇头，“从来没听说过变成树的人。”

“就是啊。”棚话说一半，被遗忘的记忆忽然复苏了，“现在我想起来了。以前我曾对片山说过，下辈子要重生为树。”

“哦！”纳卡多兴致盎然地看着棚，“我也不认识这样的人。”

“我也是。除了我自己以外。”棚苦笑道。的确，在热带大草原上看到一棵独自屹立的金合欢树，不由得回忆起自己在故乡喜爱的榉树。她把这个故事告诉了当时一起坐车的片山。由于进行拓宽道路的施工，榉树被砍倒了，这对于棚幼小的心灵是一个沉重的打击，为了从阴影中走出来，她写了榉树的故事。那是一个天真单纯的故事，片山却佩服地听着。棚感慨万千地把事情由来告诉纳卡多。

“啊，片山常说死者需要故事。那时的死者是‘榉树’吧。”

纳卡多的话如同远处轰鸣的雷声震撼着棚的内心深处。周围灯光黯淡，纳卡多的声音低沉。棚几乎要被拉入“死者的世界”了，她回到现实，抬高了声音：“对了，他们不用吃晚饭吗？”

棚认为三原他们熟悉这一带，需要的话，自己会来吃，因此没有邀请他们。棚也隐隐地体恤他们：三原没有主动提出吃饭，也许因为非常疲惫了吧。

纳卡多没有回答，反问道："三原，生病了？"声音低沉，抬起眼睛看着棚。也许她途中发现三原在服药吧。棚想到今后还要相处，还是趁现在明确答复为好："是啊。"

"啊啊！"纳卡多似乎印证了自己的推测，再次问道，"片山也一样吗？"

"啊？"棚最初不明白怎么一回事，转瞬明白了她的意思，惊愕万分地问，"片山也是那个病吗？"

这次轮到纳卡多摸不着头脑了："那个病？"

啊啊，对了！棚转念一想：纳卡多也许只是从三原身上看到了片山衰弱的过程。但是，如果片山死于艾滋病，也可以理解他的死因未公之于世的理由。如果真是这样……但是，如果真是这样，那又怎么呢？即便片山和三原同时成为艾滋携带者，这也是他们的隐私。自己来这里的目的，不是为了暴露他们的隐私。

棚犹豫了，不知是否把三原的病名告诉纳卡多。在这里也不是奇特的病，纳卡多既然从事诊所的工作，应该也不带偏见吧，但棚对纳卡多没有熟知到这个地步。虽然不愿意这样的嫌隙对今后行程造成影响，但事到如今对纳卡多隐瞒的话也不诚实。对了，交给三原本人来处理吧。棚最后想到。

“三原的病名，还是由他自己告诉你吧。”

纳卡多点点头。估计她已经明白了。这时候，服务员端来了蒸香蕉和羊肉咖喱，话题就此转移到了食物上。

次晨，三原带着睡肿的双眼，一起离开了酒店。

穆本德山是一座海拔二百一十三米高的平缓山丘，古代时山上建造了宫殿。在道路尽头，下了车，这里已经是“山顶”了，可以眺望笼罩在晨霭之中的穆本德市区及其周边地区。庆幸早上来了！棚一边想着，一边开始拍照。再往南一点的地方，有一个有名的铁器时代的土堡。出发前，在前台看到了照片。她记录道：那是一个巨大的古代遗迹，即使是不熟悉考古的棚，只要时间允许，也想去看看。如果是爱好非洲考古学的人，一定更有兴趣了吧。

那卡依马树本身，如同日本的“神树”，并不引人注目。虽然听说是大树，但不觉得那么“巨大”。那是一棵树皮干枯的不知名的树。树上稀稀拉拉地长着一片片小小的圆形树叶。不过，如同这里精瘦的牛一般，带着一种威风凛凛的独特气场。也许这也是心理作用吧。树根盘根错节地深深延展开来，在树洞里供奉着各种“供品”。纳卡多说供品小到一颗咖啡豆都会被“接受”，也常常有人供奉牛和山羊。当然，那些应该“供奉”在其他地方吧。

关于她的传说有好几个版本。除了化身为树的故事，也有人说她是四五百年前某个王国的王族，也有人说一九〇七年她去世了。她出生于这片土地上世代继承的母系祭司家庭的说法也流传广泛。

棚他们来到“神殿”旁边、类似事务所的建筑，与现在担任女祭司的伊斯塔·恩特进行了交谈。她头发花白、体型高大，与单丢巴拉相比，沉重缓慢的举止反而显得有点做作。她声称自己的曾曾祖父是那卡依马的兄弟，自己是继承人。她的说法跟民间广泛流传的说法有所出入。

她说那卡依马原本出生在附近的布尼奥罗，作为受人尊敬的巫医来到穆本德山。但是，统治附近一带的王国之间发生了纠纷，她也积极出面进行调停。她是半人半神，得到永生。不过，到一定时候就会消失。她消失后，人们对她的追念和哀思无以复加。她于心不忍，化身为一棵树。化身为树以后，有时会恢复人形，出现在人们面前。

“其实，那卡依马过去曾两次出现在我面前。看，她给了我这个护身符（恩特展示了类似项链的物件）。那卡依马不会为了诅咒使用法术，她的法术只用于治疗疾病和给人们带来快乐。只要向她祈祷，什么愿望都可以实现。如果你的婚姻生活不美满（此时她瞥了一眼棚），希望事业成功（此时她扫了一眼三原），想找有钱的男人（此时她看了一眼纳卡多），我转达你们的愿望，翻译她的话。不过，最近她对我说被人拍照令她疲惫不堪。因此，你们想拍照的话需要付费。”

不明白最后一句话跟前文的关系，不过强巴的翻译一定是正确的吧。也许有些游客对这种无害的“巫术”感兴趣。棚姑且做了记录，然后问：“大约七八年前，有没有一个名叫片山的日本人来过？”

“我不记得是不是日本人，来过几个中国人。”

“她说的是东亚人。”纳卡多低声耳语道。

“调查巫医的人。”

恩特女士稍稍皱眉，回答：“来过。”

棚松了一口气。

“他问了些什么问题？”

“我不能透露客户说话的内容。”

哦，她还是挺专业的。棚对她有了新的认识，继续问：“不过，他是调查者，而且其实已经去世了。”

“嗯。”恩特女士不动声色地回答，“那卡依马已经告诉过我了。”

“什么时候？”

“他来的时候和刚刚你提到他的时候。”

“他来的时候是？”

恩特女士沉默半晌。也许在跟那卡依马交流吧。

“……他来到这里，问洪水和干旱哪个更可怕。那卡依马回答都不可怕，只不过是巨大潮流中的短短一幕而已。我已经忘了，但现在那卡依马提醒了我。她说要把这事告诉你们。”

恩特女士闭起了双眼，交叉着的双手微微颤抖起来。“然后，那卡依马对他说，他会变得跟我一样。”

“她说的没错。他后来成了巫医，不诅咒人的好巫医。”

“她说他在等待。”说完这些，恩特女士大口喘气，擦了擦汗。

“这似乎事关重大，但不明白究竟是什么意思。”

棚他们离开穆本德山，出发去波特尔堡。在车里，棚嘀咕道。然后问纳卡多：“你觉得她真的是那卡依马的亲戚？”

纳卡多为难地结结巴巴回答：“她本人是这么说的呢。”

“那样的人很多。我觉得不可轻信，但有时说出来的话让人吓一跳。他们擅长察言观色。她究竟是不是那卡依马的亲戚，嗯，我看一半一半吧……”三原扭过半边脸，插嘴道。

“作为巫师的法力怎么样呢？我觉得她是敏感聪慧的。”

“是有法力的。”纳卡多一脸认真地回答。

“哦。”棚看了一眼纳卡多，把视线转向窗外的景色。越来越接近波特尔堡，行进方向中偶尔朦胧浮现的山脉渐渐清晰明朗起来，加重了威压感。三原长吁一口气：“山，可以看清了。这样的情况很罕见。这一带常常被云雾覆盖着。”

“看到了，看到了。”棚开始不明白这是有多罕见。但一向对风景无动于衷的三原不断地叫出声来，而强巴也似乎整个身心都在点头赞同。看着看着，棚也渐渐真切地觉得这是相当罕见的景象吧。

牛群头顶着新月形的犄角，左右摇晃着向山那一侧跑去。红鸢如同被红土地染红的身形细长的老鹰一般，横穿视线，然后倾斜身体，朝着高山提升高度。渐渐迫近了月亮山——鲁文佐里。似乎全世界都汇聚在车窗前了。

十八

当车辆驶入波特尔堡之时，棚的内心油然而生一种感觉：这里就是旅途的目的地，这里就是终点了。

酒店稍稍远离市中心。棚下车后，远眺迫近眼前的山体。“这个城市就好像是终点站。”不由得一声叹息。

“嗯，人们都这么说。这里的海拔也达到一千六百米呢。不过，虽然路况没有来时那么好，这里也有道路通往南方、北方，甚至刚果。”

“不过，这么一看，简直好像鲁文佐里山对面的世界消失了。”

“消失了啊……”

三原说完，沉默不语了。

在酒店大堂，有一个日本男人在等候。他是介绍当地村子的中介 NGO 团体的一员，在行车途中三原也跟他用电话联系过。他跟三原和强巴当然是老相识，但跟棚和纳卡多是初次见面，于是三原简单地介绍了一下。

“这位是千野先生，已经在这里工作十多年了。”听到这个名字，棚不由得抬眼正视：“嗯？千野先生，您难道是‘植树会’的？”

“对！”千野也重新审视棚。

“登美子给我介绍过您。我来这里后，还没有时间跟您联系……”

“啊！原来是你。没想到你会跟三原一起来。”

千野露出笑容，周围气氛一下子明朗起来。

“我本来就说过要在这里见NGO的日本人嘛。”三原似乎在责怪糊涂的棚。

“不过，听说千野的工作是植树造林，没想到会跟三原认识。”

“在这里工作的日本人，什么活都干。因为本来就没有几个人。啊，请坐。”

千野笑着请大家落座，三个日本人围坐在桌边，强巴和纳卡多坐在稍远处。千野继续自我介绍：“当然，本职工作还是植树造林。最初尝试种植了桉树，桉树生长迅速，不过容易倒下。”

“是啊，我也听登美子说了。”

千野似乎想象了一下那幅情景，微笑漾开，随即收起笑容，继续说道：“是吗。我们也尝试了种植开心果树。因为听说开心果树适合早晚温差大的地方。请人寄了几次种子，结果还是没有成活。因为成活条件跟雨量和湿度密切相关吧。结果只好放弃，剩余的种子烤了一下，当做下酒菜吃掉了。”

“开心果？是那个开心果？”

“对，长大后还可以为农民带来经济效益。”

三原轻轻坏笑：“也可能一开始就打算吃掉的吧。”

“呃？被你发现了？”千野做了个鬼脸。他也会开玩笑啊！棚不由得心生好感。

“这个颜色很漂亮啊。”

开心果的绿色是棚喜欢的颜色。年轻的时候，她经常穿这个颜色的衣服。对了，片山海里也曾说过。棚忽然想起来了。

“我倒是没想过颜色的问题。”千野的表情似乎在说：你这个人有点与众不同啊。但是，话未出口，他继续讲下去。

“现在用的是这里也有的非洲罗汉松、杜松等树种。我们在这里建造了苗圃，培育树苗，培育好后再去种植。”

"杜松？是酿造杜松子酒的原料吧。"

"是的，种类略有不同，是这里自然生长的。在海拔两千米以上的地区，杜松比非洲罗汉松更适合生长。海拔两千米以下的话，还是非洲罗汉松更适合吧。另外，金合欢树类的树木可以用来燃烧或制作木炭。总之，以前可以作为资源的树木都被消耗殆尽了，令人简直不敢相信自己的眼睛。首先，由于内战逃亡到此的难民们滥砍滥伐，然后，LRA 也来了。"

"LRA？"棚失声道。纳卡多瞬间感知了紧张的气氛。

"也来了这里？"

"当然了。这里是刚果的边境。"

"有没有娃娃兵？"

"有，有的被解救出来后，住在村里……你想见吗？"

"是的，一定要见见。"棚点点头，看着纳卡多。估计纳卡多不明白他们对话的内容，但从棚那个积极的举止来判断，估计一定是入手了有价值的信息吧。可以看出她的脸色明朗起来了。

"那么，这件事稍后再细谈。山林荒芜的原因，以前内战是主要原因，但最近是因为异常的气候。"

"也许是这个原因，今天从远处也能清晰看到鲁文佐里山，令我吃惊，竟然能看到山顶的白雪。”

“由于地球变暖，冰川的面积已经减少到以前的一半以下了。正如您所说，以前经常云雾笼罩，降雨量也很大。最近不太下雨了。和以前相比，几乎可以称得上干旱。不下则已，一下就是瓢泼暴雨。”

“在日本也是异常气候。我家附近一旦下雨，真是不得了。”

千野瞥了一眼棚：“啊！是有公园的……”

“对，您知道吗？”

“因为那是登美子的娘家。”千野从容不迫地回答。棚一时无法理解他们两个人的“亲密关系”。

“啊？”千野是登美子的表兄弟？或是青梅竹马？

“她没有告诉你吗？那我最好还是不说。”

“啊？”

莫非？棚的脑海里掠过一个念头。

“我们是夫妻。”

“啊！果然是。不过，登美子不是离婚了吗……”

“不，我一直在这边，她搬回娘家了，但是没有离婚。”

“……我不知道。”

“她怎么说我的呢？”

“……在乌干达的熟人。”

听到此处，三原不由得笑出声来。他用英语向强巴他们解释了一下，于是他们也笑了起来。棚说：“我只知道，她离婚后回到娘家开了咖啡屋……”

“她本人这么说的吗？”千野可怜巴巴地问。

“这么一说，她的确没有明确说……不过，每当说到这个话题，总是寂寥地笑笑，或者叹口气转换话题，我完全以为……”

对了，先是母亲透露给自己这个消息：听说登美子回来了。棚现在愈发觉得她没有使用离婚这个词语。

看着千野垂头丧气的样子，棚说：“一定是登美子感到难为情吧。”

“那倒不会，”千野断然道，“她不是这样的女人。”

听了他如此客观冷静的话，棚不知如何劝慰他了。虽然觉得他可怜，但他所言句句属实，具有说服力。棚觉得十分可笑，禁不住再次笑起来。三原似乎对此话题厌烦了，说道：“这个课题留给你们夫妻俩去探讨吧。”不动声色地催促千野检查带来的行李。

千野在三原的提醒下似乎想起来了，缩了缩下巴，把带来的纸箱打开，拿出里面的东西摆在桌子上。有的东西已在照片上看过，另外一些经久不衰的固定商品中，有不少惹人注目的东西。比如，胸针上躲藏着几只仅仅露出尾巴的豹子(据说戴在衣袋上，就如同豹子隐藏在衣袋里一般，展现出商品的“故事性”)。鹦鹉发夹上，鹦鹉的尾巴富有立体感地凸出（戴在头发上，就如同鹦鹉躲藏在头发里一般)。除了这些小饰品，黑檀木似的木材被切割成巨大的扁平叶片状，中间刻出圆形凹洞。

“这里面是要镶嵌什么东西吗？”

“这是带柄的小镜子。在日本嵌入镜面，这样的话，便于搬运，而且安全。”

“原来如此，真不愧是专家。叶茎一样的东西就是柄吧，啊，拿起来很方便。”

棚对于摆出来的商品发表了好评，就留下商谈工作的男人们，跟纳卡多出去了。抬头仰望山峦，棚说：“据说那白色的部分就是冰川。”

“我是第一次看到。”纳卡多眩晕着遥望山巅。她似乎是第一次来这个国家的西南边。

“刚才我们说到，LRA 也曾逃进这里的山里。”

“啊！我也听说过。不过，因为离我的故乡太远了……”

也许因此，摒除了这种可能性吧。

“不过，听说以前的娃娃兵住在这一带的村子里。千野先生也许可以安排我们见面。一起去见一下，怎么样？”

此时的纳卡多显然是胆怯了。她的感情立即浮现在眼神里。棚在内心感叹纳卡多反应之强烈，再次劝说：“没关系的，如果你不愿意的话，就待在车里别出来。我去打听一下有没有关于你妹妹的消息。只是去看看，怎么样？”

纳卡多注视棚的眼神似乎是抓住了一根救命稻草，随即垂下眼帘，叹息道：“……好，去。”

棚微笑点头：“好，那我去拜托千野先生。”

两人说完向酒店走去，正巧遇上去车里取东西的强巴。棚忽然想到还没有办理酒店的入住手续：“啊，强巴，我们还没有办理入住吧？行李……”

“我已经办好入住手续了。行李已经由搬运工送到房间了。”

“什么时候？”棚对于他干活的利索感到惊讶，强巴似乎领会到了对自己秘书能力之高的赞美，露出了洁白的牙齿。

回到大堂，三原正在数钱。

“啊！好厉害啊。”

“不厉害啊。给，你来数数。”三原说完，递给千野。千野笨拙地一张一张数着：“正好，谢谢！”他低头致谢。

“客气了。下次也请多关照。”三原确认了一下强巴拿来的资料，递给千野。估计是下一个工作的计划书吧。

“发票、发票。”强巴用日语说，在场的众人不由得轻笑了起来。

“对了，发票。”千野说完，拿出发票，签名后交给强巴。

“谢谢！”强巴故意郑重其事地接过。棚对他们扑哧一笑，说道：“嗯，我可以继续刚才的话题吗？”

“刚才的话题？”

“被解放的娃娃兵在村里的事。如果可以的话，我们想见见……”

“啊，”千野点点头，“我要去请求许可。这是个敏感的话题。也要看你想问什么。是想问他们在游击队干了什么吗？”

“不，我们只是想问她妹妹的行踪。”

然后，棚转向纳卡多，用英语问：“你一直在找你妹妹，对吗？”

纳卡多连连点头。

“那么，你妹妹也是……”千野也用英语对纳卡多说。

“对，是双胞胎妹妹。”

纳卡多似乎在裸露自己的伤口，无法抑制地再次流露出在单丢巴拉那里初次显现的表情和神态。

十九

“听说把你妹妹劫走的部队离开我们的村子，向北方行军了，因此迄今为止我们一直只在意北方的信息。不过，没有找到线索。”

“也许中途走失了吧。这种事也是常有的，因为指挥系统一团糟。有些部队的所作所为非常离谱。我们以前作为据点的地方也遭到了他们的袭击。”千野一脸认真。

在一旁倾听的棚惊道：“当时您在哪里呢？”

“我们在前几天接到警报，跟当地村民一起转移到远处的野营地，躲藏起来。不时派出侦察兵去查看情况。”

气氛一下子沉重起来，众人都沉默不语了。

“……我不知道。”

“啊，不过虽然被洗劫了一番，损失并不大。当时的确是高度紧张啊。需要看准什么时候可以离开野营地回去，同时也担心万一回去后，游击队又回来。”千野故作乐观，继续说：“以前的娃娃兵，如今也都成了出色的母亲了。有的人在别的酒店的餐厅厨房工作。如果是找妹妹，估计他们马上愿意见我们，不过还是先确认一下。三原你们打算在这里待到什么时候？”

“好不容易来一趟，还打算去周边部落的村子看看。已经上了‘贼船’，我可以多陪她们两三天。这也是少有的情况。”三原面无笑容，淡淡地说，然后向棚再次确认：“你是来寻找观光景点的吧。”似乎就此把话题交给了棚。

“嗯，是的。”

“那么徒步爬山观赏黑猩猩吧。欧美的游客大多为此而来。这附近的话，可以去基巴莱森林，或者布纽尔古尔湖边的度假区、塞姆利基国家公园。也可以在湿地坐独木舟。独木舟很有意思哦。”

“好像在某处也有温泉吧。”

“塞恩帕亚温泉。还有一条路线，徒步游览鲁文佐里山，去看阿马比尔洞窟和瀑布。不过这条路线有点辛苦。”

“登山呢？”

“登山的话，一开始就要准备好相应的装备和资金，否则不行。那可不是游客随随便便能去的地方。需要雇用几个向导和搬运工，也需要足够的体力。总之，难度很大。”

“徒步爬山的话，没有经验也可以吗？”

“应该没问题，但还是需要专业向导，往往需要住宿几晚。这也不是轻轻松松的游玩。”

“那么尽可能开车到一定高度，然后沿着山脊环游呢？”三原忽然插嘴。也许是考虑到自己的体力吧。

“啊，的确有那样的道路。那是森林局和军用道路。禁止闲人入内，因此从来没去过。”

“那么，在管理员巡查的时候，让他带上我们。”三原若无其事地说。

“啊？这样可以吗？”棚没有想到可以这样，略感不安。

“付一点小费，应该可以吧。”

“三原你这个人真是的！嗯，不过的确是这样。”千野苦笑着低下视线，开始打包行李。

现在没有充分的时间在此花费数日登山或徒步爬山。不过既然来了，无论如何也想在文章中提及这座山。这样的“观光”并不适合在杂志上进行介绍，不过大致描写一下山的情况和氛围，也许有的读者会感兴趣。为了给这些读者作参考，在文章中也要提及徒步爬山和登山需要的装备和资金。

棚下定决心后问：“那个‘小费’，具体需要多少？”

“小意思，嗯，大约向导半天的报酬吧。”三原估算出了“行情价”。

“那么，我想就这么办吧。首先应该跟哪里联系呢？”她询问，并没有特定对三原或千野发问。他俩彼此相视，然后三原对千野点点头。千野说：“真是难为我啊。我不能向他们提这种要求……因为这事跟人道援助没关系。”

“不过，她如果能出色完成任务，通过观光业赚取外汇，当地也会得到收益。这不也是帮助人吗？”

“我知道。那我把联络方式告诉强巴，他一定会安排好一切的。”千野说完，转向强巴，对于他老板的“古怪主意”和女性朋友的“贪婪”禁不住叹息道：“那么……”然后取出笔记本，开始说明有关人物的名字和做事的流程。强巴笑着看了一眼棚。棚用表情表示歉意。“抱歉，给你添麻烦了。”“不不，没事的。”

棚又向三原说：“我想从这个村拍一张山的照片。”

“最好的地点，是托罗王国的宫殿所在的山丘。”

“宫殿？我也一定要看看。”

“你会大失所望的。好像只是把车站前的派出所建大了一些，但竟然要买门票。而且，不少军队相关人员在附近游荡，时常有人会说照相需要许可，需要付钱。很麻烦啊！不过，还是去看看吧。的确，文章里配上照片更好。”

三原估计，千野对强巴“交代”完毕了，一边做出拍照的手势，一边招呼强巴：“趁着天还没黑，我们去‘宫殿’吧。”

“OK，OK！”强巴随意地答应着。千野站起身来说：“那么，我就此告辞了。我一到依迪丽那里就给你们打电话。”“依迪丽？”“哦，抱歉忘了说，她是原来当过娃娃兵的一个女人。”千野用英语向纳卡多再次解释了一下。纳卡多焦虑不安地点点头。

在去“宫殿”的途中，棚再次向三原道谢。结果还是在三原的帮助下，终于走到了这里。也多亏了他，接下去要进行的鲁文佐里山的采访也比当初想象得更丰富。三原义不容辞似的在脸前摆了摆手：“做这些并不是为了你。以前听说过，鲁文佐里山上到处都有神庙一样的建筑，我也想去看看，所以正好。连续几晚登山，对于现在的我再也不可能了。”

“神庙？”

“那座山也是当地部落村民信仰的神山。”

“嗯？山岳信仰？这里也有啊！”

“能使人们感到力量或者恐惧的事物都可以成为神灵。河神、树神、草神、雾神……”

“这不正合你的兴趣吗？”

“是的。正好能以此为借口，要求千野协助，我也很庆幸。相比由于兴趣爱好而去，由于工作不得不去的理由更充分，能更理直气壮地要求他。”

原来如此！不过这样的话，自己反而不会觉得那么抱歉了。棚叹了口气。不久，车子行驶到一个小山丘，听到“到了”的声音，棚和纳卡多两人从后座下了车。

这一带是托罗王国的中心地带。尽管如此，“宫殿”的建筑看上去廉价、简陋，令人大失所望。不过，在此眺望到的鲁文佐里山却是威风凛凛。三原也是少有的情绪高涨：“一般可见不到如此美景，对吧？”他向附近的警卫兵寻求肯定。这个士兵又恰巧性格开朗，向三原表示热烈的赞同。棚他们听两人讲述“平时阴郁的鲁文佐里山”，如同被教育了一番“自己是多么的幸运”。两人同样地兴高采烈，越聊越投机。三原跟当地人交流的时候十分自然，平时那玩世不恭的一面不见了，由衷地感到快乐。棚看着这一幕想："我不知道三原还有这一面。"这可以说是他整个人性格的"根本"。不过，一旦她指出这点，三原马上会故态重萌，回到玩世不恭的样子吧。棚预测着。

没有遇到之前担心的"麻烦事"。在回程的车内，三原的手机响了。原来是千野打来的。他们聊了一会儿后，三原说："明白了，我问一下。"向后转头说："依迪丽现在在准备晚餐。晚餐后还要洗盘子，今天可能有点儿晚了，明天下午的话可以见面。"

"明天上午呢?"

"她要准备午餐。"

那么，明天下午可以吧？棚和纳卡多相互点头，告知三原。三原再告诉千野。纳卡多似乎已经开始紧张起来了。车子驶进了酒店的停车场。三原似乎想调节一下紧张的气氛："这里提供六道菜的晚餐呢。"

"我三道菜就足够了。"棚觉得吃不下，踌躇道。

"我也是。"纳卡多也跟着说道。这样的情况也有过几次，此时纳卡多似乎理解了混杂着几个英语单词的日语。

棚故作惊讶地睁大眼睛说："纳卡多已经可以听懂不少日

语了啊。”

“还比不上强巴。”

纳卡多也借着玩笑话，夸张地谦虚起来。强巴笑着拉起手刹。显而易见，强巴并没有系统性地学习日语，凭借与生俱来的良好语感，会使用一些听到的单词。他自己也作为缓和气氛的舒缓剂，有时使用日语单词——从强巴的口中，出乎意料地听到日语，日本人一般会高兴地笑起来。

“那么，我跟他们说一下，除了强巴以外都要三道菜。七点在餐厅见。时间不多了。”

棚她们的房间在三楼，可以眺望波特尔堡的市容。棚确认了淋浴的水龙头出热水后，先洗澡了。昨天见识了纳卡多淋浴时间之久。因此，纳卡多习惯于睡前淋浴吧。棚只是想把尘土快速冲洗一下。淋浴头如同孩子使用的洒水壶一般，出水洞稀疏地散布在各处。不过光有热水就谢天谢地了。她用干硬的浴巾拭擦身体，用吹风机吹干头发。她虽然从行李箱里取出了自己的吹风机，但发现浴室里也备有，还摆着简单的洗浴用品。她换上裙子，准备就绪了。

“这个酒店真不错。”

“因为这里以前就是白人居住区。”纳卡多毫不避讳地说道。在等待棚的时候，她又重涂了口红。给心情盛装一番，一起来到楼下的餐厅。三原和强巴已经就座了。另外还有几对白人和印度客人正各自用餐。

“久等了。”

“我们也刚到。已经点好菜了。”

两个穿着白色制服的服务生端来了盘子。第一道菜是花椰菜奶油汤。

“真好喝！”棚喝了一口，由衷地赞美，“是吧！”

主菜是牛排。按三原的说法，是这里最受好评的菜。的确，虽然不算柔嫩，但带着适度的嚼劲，而且越嚼越香。棚想起忘了带笔记本，稍后一定要记录下来。三原中途要了一杯水，把分装在塑料袋里的药品放在桌上。

“抱歉，我的病一定要按时吃药……我是 HIV 携带者。”

棚内心一紧：现在在这里提这件事？纳卡多品味着甜品奶酪挞，轻描淡写地轻轻点头，如同允许同桌人吸烟一般，若无其事。

“你也不用在吃饭时吃药吧。”棚玩笑似的故作惶恐。

“我习惯晚饭后吃药。如同吃点小食，去掉嘴里余味一般。不然的话，马上就忘记。这种病的特征之一就是这样，对于不善于养成良好的生活习惯、重复同样事的人，要求他们依从药物，进行有规律的生活。而且，一直到死为止。真是半死不活。”

强巴表情凝重，点点头。棚不知道如何作答。不过，她感觉有必要说些什么。

“其他的病不是也一样吗？”

“其他病的话，即使患者自己忘记吃药，也没什么大不了吧。”

的确，这不会直接导致死亡——也许吧。三原接着说：“……其他病的话，就算得病，也不会因此受到社会的制裁。”

“社会的制裁？”棚反刍一般重复了这句话。三原的口吻并不悲愤，不过他的话如同决堤一般继续倾泻下来：“失足的非人的家伙们，轻蔑，生理上的嫌恶。在一般的社会都会受到这样的待遇。如果过分意识到这点，尽力不这样对待，就会表现出不自然的过分的热情。不过，非洲是个例外。因为没有这样的精力。”

“在日本呢？”

“日本？日本太糟糕了。也许现在有变化了，明白了病名的瞬间，连医疗机构的工作人员眼神都变了。有些护士明显不想碰触到我。他们集体想把异物驱逐出去。”

三原毫无感情地淡淡说着，不过他那“无法抑制”的倾诉欲，令人感到他自己无法控制的深沉情感。那么，还是曾经试图在日本治疗过。棚想着，内心一阵痛楚。

“片山的病人里，也有艾滋病人。”纳卡多忽然停下用餐的手，说道。

“片山常说：与其说是治病，不如说，病人和病人的镇那久真正想要的是一个故事。尤其是令人恐惧的病。他们想要一个故事，来解释自己为何得这个病。在病人临终之时，片山如同巫医一般，编造赞美这个人一生的故事，喃喃地讲述给他听。当然，用当地的语言。片山的当地语虽然说得不够好，但充满力量。听着听着，病人表情真的变得满足了。他说：不是为了虚荣，死者的确需要可以抱着入眠的故事。”

三原目不转瞬地盯住一点。

死者需要可以抱着入眠的故事——死者，抱着故事入眠——这句话，似乎触动了棚内心的某处。这个“某处”是在单丢巴拉那里曾经完全觉醒的“某处”。但那并不是最近一两年一直在静静向棚起作用、棚自己意识到的“某处”。

“估计你听说过娃娃兵的事吧。”次日，在去见依迪丽的途中，千野先来了这么一句开场白。然后他开始介绍：“游击队为了培育土生土长的战士——嗯，也许也有其他用途——他们袭击村落，夺走孩子。越是低龄的孩子，价值观还没有确定，越是容易进行洗脑。这时，有的孩子被迫杀害自己的父母或兄弟。因为游击队认为：一开始让他做这么打击巨大的事，以后就可以冷静地面对无论多残酷的事，就能培养出精锐士兵。实际上，一开始的巨大打击让孩子的感情麻痹了，此后对杀人放火、严酷拷打都没有感觉了。不过，即使当时没有感觉，等到获得自由、回到社会时，才意识到自己所作所为的严重程度，那时真的很悲惨。”

车子离开了铺装好的路面，进入城内。有的房子以白铁皮板和薄板搭建而成，仅能挡风挡雨，也有一些房子涂了油漆，稍显时髦。

“他们需要关心，估计一生都如此。有的孩子如同切换了频道一般，毫无顾忌地讲述自己的体验；也有的孩子一概不说。可以说两种都是防御反应，不希望进一步深入下去。其中也有孩子颇有心计。为了生存，这也是无可奈何的事。依迪丽是个质朴的孩子，现在被问到当时的事，还是无法平静。

即便如此，告诉她纳卡多的情况以后，她说一定要见见。所以，请尽量不要提及她‘以前做过的事’。”

“当然不会。”棚和纳卡多都摇摇头。车辆行驶在没有人行道的道路边缘，刚觉得太靠近建筑了，车立即停下了。

“是这里。下车时请注意脚下。”

千野打开旁边房子上摇摇欲坠的门，向里面叫了一声。里面传来答应声，千野迈进一步后回头说：“请进。”棚让纳卡多先进去，自己紧随其后。已经上了“贼船”，一起来的三原和强巴也进来了。

那是空荡荡的泥土地面的房间。屋里有一张不锈钢桌，却不见椅子的踪影。棚以为是待客用的地方，后来一问才知道这里是她主要的生活场所。

“这位是依迪丽。”千野给大家介绍里面的女人。她中等身材，穿着一件洗褪色的粉色T恤和裹身长裙。由于紧张，她站得直直的，纹丝不动。依迪丽似乎比纳卡多更紧张。

“依迪丽，这位是我说过的……”

听到千野的声音，依迪丽终于转过脸来，视线在纳卡多身上停住了。刹那间，她的脸明显由于恐怖而抽搐了。

“……巴巴蕾？”

应该如何面对这样奇迹般的偶遇呢？棚不由得毛骨悚然。不，她早就知道会发生这样的事。虽然震惊之下，背上寒毛林立，但不可思议的是她毫不惊讶。

依迪丽不等旁人指出，就发觉了自己的误会："不，是纳卡多。"

纳卡多跑向依迪丽，抱紧了她，肩膀剧烈地上下抖动："对，我是纳卡多。你认识巴巴蕾啊。你跟巴巴蕾是在一起的吧？"

纳卡多看到依迪丽点头承认后，放开手问："你知道巴巴蕾现在在哪儿吗？"

千野几乎同时说："你和纳卡多的妹妹巴巴蕾开始是在一起吧。那么，能告诉我们分别时的情形吗？"

依迪丽先大叹一口气，低垂视线，然后开口了："我们一起来到了鲁文佐里山。我们中有一个朋友是本贝族。本贝族本来住在刚果一侧的山脚下。她说知道从这里穿越鲁文佐里山的道路，大家一起策划了逃亡计划。鲁文佐里山的那边谁都无法追赶过来。巴巴蕾怀着身孕。巴巴蕾想回家。"

"家里人都死了。"

依迪丽点点头，边点头边抚摸着纳卡多的肩膀。

“巴巴蕾知道。她告诉了我。因为就发生在自己眼前。巴巴蕾想见纳卡多。”

“……她没有生我的气吧？”

依迪丽眼里浮起泪花：“没有。巴巴蕾担心，纳卡多生巴巴蕾的气。不过，尽管如此，她还是想见纳卡多。”

纳卡多任由泪水纵横流淌，问：“那么，逃跑成功了吗？”

此时，纳卡多这么问也是顺理成章。因此，千野内心也许有了一点挣扎，但还是没有阻止她问。

依迪丽注视着前方某处，皱起眉头，欲言又止，摇摇头，随后脸部剧烈地扭曲了，似乎苦恼成为切实的痛苦向她袭来。她带着那样的表情，抬头看千野。千野在她的视线注视下，如同要猛然拉起眼前落水的人一般，说：“这之后的事情，我知道。依迪丽，我代替你说，行吗？或者还是要大家回去？”

依迪丽猛然趴下，轻声吐出：“你说吧。”千野回答：“那么，我说了。如果我说的不对，请告诉我。”然后抬头说：“逃亡按计划进行了。但实际上逃跑的只有三个人。依迪丽最终还是放弃了。她们不能把计划告诉彻底成为游击队员的孩子们。不少人像依迪丽一样已经怀孕生子，她们判断，带着需要照顾的小婴儿逃亡是不可能的，于是放弃了。剩下的人假装不知道计划。察觉她们逃跑的游击队员们手持武器，追赶上来。依迪丽她们也被一同带去了。因为游击队员们要让她们看看逃跑者会有怎么样的下场。这时，政府军来了，后方的游击队开始迎战，但溃不成军。依迪丽她们被政府军保护起来了。追赶逃亡三人的先头部队却不知所终。不知道他们追上三人，进行处罚了，还是失去了三人的行踪。这之后也一直没找到逃跑的娃娃兵们。”

“那么，也有可能她们逃到鲁文佐里山对面了吧。”棚正想说道。

“刚果那边也没有找到。”

即便如此，还是有可能的。不过，纳卡多的表情严肃，依迪丽也依然是神情痛苦。

千野用日语说：“依迪丽她们表面上是获得自由了，可是，要回自己的村子却并非易事。虽说依迪丽她们是被强迫的，但人们把她们视为洗劫村落、杀害亲人的犯人，必须一个一个对症下药地去想办法解决。”

然后，千野又开始用当地语，强巴给他翻译。

“依迪丽选择在这儿抚养孩子们。对吧？”

依迪丽还是趴着，点点头，四肢似乎要向里缩起来。她通过这个细微的举动展现了“无处容身”的意思。这也可以称为“肢体语言”吧，不，这正是肢体语言。真是富有表现力！棚简直看呆了。对于看呆了的自己，棚也感到异样。

对于依迪丽和巴巴蕾所经历的悲惨境遇，由于巨大的文化差异，棚甚至无法设身处地地想象“如果发生在自己身上的话”，如同肌肤没有痛感，令她焦躁。棚原本自认为是用自身的感觉来测量世界的“记录者”。然而，置身于如此紧要的关头，感官却发动不起来，这样的情况也是第一次。棚无法理解自己的反应，不由得愣住了。这不是棚所知道的自己。反而，如果她在日本，倒能凭借想象切身体会到她们的痛楚。

也许自己内心有一种自我防御机制在抗拒这一切吧。如果真的“感同身受”，就会如同依迪丽一般，气喘不断、无法站立吧。她的身体预先阻止她落入如此地狱般的情况。

不，事情发展至此，她一定有自己的用武之地吧。

晚上，棚在床上辗转反侧，最后这么认为。从一开始，整个事态发展就是以此为目标的。

这项工作真正的客户是谁呢?

她在心中暗暗嘀咕显而易见的答案，然后又抱怨：又不是我接了这个工作。不过，在这样的情形下，也可以说是她主动承担了。客观地看，也是如此。她死心了，对自己叹口气，放松下来，不觉中，沉沉睡去了。

二十

棚睁眼醒来，纳卡多已经梳洗完毕，坐在单人椅上眺望着窗外。

“早上好！”棚一边撑起身体，一边打招呼。纳卡多似乎吓了一跳，眨眨眼，然后扭头看着棚回应：“早上好！睡得好吗？”这样问着，却有点心不在焉。昨天离开依迪丽家后，回到房间，到上床为止，关于依迪丽和巴巴蕾，纳卡多没有提过只字片语。不过，她应该满脑子都是妹妹的事吧。是生还是死？无论是生还是死，现在人在何处？棚避开这个话题，只是回答：“一开始睡不着，但总算睡了。”

“你已经吃过早饭了吗？”

“没什么食欲。”

“今天行程紧张，你还是吃一点吧。”棚劝说纳卡多。

两人来到楼下，正好遇上了边打手机边从餐厅出来的强巴。相视致意，就此擦肩而过，进入餐厅。三原正在靠窗的座位喝红茶。他发现了棚她们，抬起头来。不过视线越过棚她们，在入口处停住了。棚也回头一看，原来刚出去的强巴小跑着回来："快点！现在出发的话，还赶得上他们第一次的巡视。"

"不是应该时间更晚吗？"

"好像他们的计划有点变动。"

无可奈何，棚和纳卡多匆忙回到房间。两人拿着包再次下楼时，强巴递给她们两个纸袋，说："这是面包、果汁和香蕉。在路上吃吧。"

棚道谢后接过，上了车。"太好了，还以为不能吃早饭了。纳卡多说没有食欲，我硬拖她来的。"

强巴听了，从后视镜看了看纳卡多，沉默着点点头，脸上浮现出一种同情和怜恤的表情。

虽然靠近赤道，却很凉快，不，甚至感到丝丝冷意。晨霭笼罩着整个村庄，如同生物一般在蠕动。棚看了看手表，时间刚过八点。车子驶上一道缓坡，进入郊外的干线道路，只见路边十几个人，在晨霭中结伴而行。人群中，从少男少女到中年人、老人，各个年龄层都有。他们并没有参加活动的兴奋，也没有逃难的悲壮感，显出日常生活的冷静沉着，却向着同一目的移动着。他们是去哪儿呢？棚略感兴趣，但没有说出口。不过，随后又看到了几个同样的群体在走路，终于忍不住问前排：“他们这是去哪里呢？”三原马上回答：“他们是去茶园干活呢，红茶茶园。”估计他也猜到了棚会问。

“在殖民地时代，欧洲人从政府租借土地进行经营，现在几乎都被有名的红茶公司占据了。劳动力从乌干达西南部聚集到此，据说这也引起了不少问题。”

前方出现了一个三岔路口，车子减速，停在路边。强巴说：“请往里挤一下。还有一个人要上车。”强巴说着，车门打开了。一看是千野笑着站在那里。原来是当初批判参观计划不合规矩的人啊。棚一下子放松了，不由得笑出声来。纳卡多也微笑着挪动身体。“谢谢，谢谢！”千野低头道谢，上了车。

“为了作为以后的参考，我想也顺便去看看吧。”他毫无愧色地说。

“那很好啊。”三原面带得意，点点头。

“这简直是免费的日语向导来救场啊。原本约好的向导马蒂来身体不适，我正担心不知会如何。多亏了大家的帮助，我信心倍增。”棚道谢说。

千野说：“马蒂来？棚，你知道马蒂来在斯瓦希里语里是什么意思吗？”

“斯瓦希里语？不知道。”

“东风的意思。”

“嗯，是吗。”棚怔怔地回答。“东风，是什么意思呢？”她轻声喃喃说道。

千野听到后回答：“有名的东风有贸易风。说到风，近期新发现的一种风叫赤道西风。它正好是与贸易风东风相向而吹的对流。嗯，也可以说是逆流而行。”

“逆流而行？”

“对，就像河流一般。坐着皮划艇顺流而下，然后回到上游时可以利用逆流。气流和水流就如同两面镜子相照一般，十分相似。”

“啊，我也听说过。这是跟鲁文佐里山有关的风吧。”三原从副驾驶座回头说。

“对，来自大西洋的赤道西风直直地撞上鲁文佐里山，因此以前整年都是那样的天气。”

“不过，当然现在也在吹，只是风的实质有所变化。从这里也继续一路向西吧。”

“对。根据不同的季节，赤道西风时而偏北，时而偏南，不断地围绕着地球流动。那是潮湿寒冷的风。这一带并不是海拔高处，因此在上升气流的作用下，赤道西风不断撞上喜马拉雅那样的山脉，如同蛇一样蜿蜒而行。日本的梅雨季节，天气预报里会出现‘湿舌’。那也是赤道西风的一部分。”

“我！”棚不由得大叫起来，“气压的低谷通过时，我常常会感到非洲的气息。不仅是我，连火星应该也感觉到了。”

三原失笑起来，千野却认真地说：“也许这真是不一般的感官呢。”

“赤道西风。”棚再次低声重复。

“就像缠绕着地球的蛇一般啊。”

“现在的时代，应该有无数的蛇缠绕着地球，不过那一定是从远古时代开始的一条蛇吧。”

棚喃喃重复着千野的话，把句末稍加了变化。“无数的蛇缠绕着，让地球成为一个整体。”

一阵沉默过后，三原转头说：“现在的你很像单丢巴拉啊。”

棚用英语向纳卡多翻译，然后半开玩笑似的说：“其实我从早上开始就不时发呆，也许是被附体了吧。”于是，纳卡多眼也不抬地轻轻说：“啊，那是因为镇那久吧。”棚不由得再次正眼看看纳卡多，但还是不想深陷这个气氛，于是没有继续追问。她觉得纳卡多现在没有余力迎合周围的人，说好听的话。

单丢巴拉说，片山试图“解放镇那久”，镇那久却不知道这事。但是，不是还要“从”镇那久那里解放人们吗？如果一旦实现，这个世界的“值得品味”的事情就会减少啊。棚不由得思绪万千。

强巴减速后，把车靠在盘查哨所，隔着玻璃窗简单地办了手续，然后开进里面。他环顾四周，似乎在找寻什么。看到路过的士兵，就去询问。士兵回答后，手指左边，强巴向左扭转方向盘，加快了速度。

简单清冷的混凝土建筑前，已经等待着护卫车。估计平时应该不是使用这样的车辆巡视吧。“快快快！”在迭声催促下，棚他们从车尾上了车。车内是对面而坐的座位，两侧和后部都有车窗。虽然不够舒适，也许他们选择了这样的越野巴士。驾驶座的旁边坐两人，加上司机一共三人。他们在强巴的招呼下，笑着上车了。那是士兵和森林局的巡查员。他们的座位跟车后部之间没有挡隔，只要说话就能听见。强巴向大家转达副驾驶座的巡查员的话。

“现在向南方进发。远远绕过斯坦利山，一直巡视到刚果边境的附近。”

车子驶出了哨所，行驶在森林里。木性的凤尾草和蕨类覆盖着地面，可以看到树叶肥厚的树木，时而可以看到竹林。这一带整体昏暗潮湿。

“这一带是热带雨林。”千野说明道。道路渐渐陡起来。也许是被砍伐了吧，不少地方树木稀疏、光线明亮。

“我经常来这一带植树。以前树林更加茂密。”

不久，树林消失了，车子驶进了高草丛生的草原，视野受阻。

“这是象草。干旱还是更严重了啊。不过非洲的干旱也不是一天两天的事了。三百万年前，来自热带雨林的动物开始吃植物，给环境带来了很大的变化。从那以后，干旱一直不断。”

“不过，最近干旱的速度异常地加快了。”

“那里的枯草屋，是一座神庙。里面供奉着献给基塔桑巴的供品。”

这么一听，就能看出那个草垛子上有人工的痕迹，比如捆扎枯草做成的屋顶，等等。

“基塔桑巴是鲁文佐里山的山神。巴昆如族创造出来的。”千野加以说明。

“巴昆如族是自古以来居住在鲁文佐里山一带的原始部落民族。他们属于班图族一系，使用巴昆如语，是班图语的原型。由于熟知地形，很多部落人被雇为向导或搬运工。”

“下车吧！你问一下可不可以下车。”

在三原的要求下，强巴向副驾驶座上的巡查员取得了同意。三原一看巡查员点头了，就马上下了车。其他人也陆续下车。虽然遭遇持续的干旱，湿气仍然很重。棚闭目深呼吸。不过，立即在纳卡多的叫声下睁开了眼。

“不行！”

循着声音望去，只见三原将手伸入神庙，试图取出里面的供品。三原听到叫喊，瞬间停止了动作，然后对纳卡多说：“我没事的。”接着收回了手，取出有纹饰的木板状物体和小小的木雕动物，全神贯注地端详起来，然后似乎满足了，把供品放回原位，开玩笑似的说：“看！”

纳卡多用力地摇头，叹了口气。棚也责怪三原：“这种行为简直是骚扰啊。”

三原辩解说：“不过，不看一下这些东西，就等于没来过这里啊。”

棚听了，无法理解，不过也觉得，也许这种特立独行就是三原的风格吧。这也是无可奈何的事。

“据说再往前有一条瀑布，也有达巴的神庙。”强巴翻译巡查员的话，“以前这一带经常遭遇洪水，供品会被冲走。”

“所以人们觉得是达巴在捣鬼吧。”

棚正担心三原会不会提出要去神庙看一看，三原说：“谢谢！可以了。”然后，自行回到车上。棚一行也随后回到车上。车子再次飞驰起来。

在树木丛生的山谷间涌起了白色的晨霭。不过，树林中的不少树木已然枯死。

“应该进入云雾林了吧。”千野低语一声。车竟然能够驶上这样的高处。

这简直就像透纳的风景画啊。棚想着。不久，前方隐隐出现了一抹浅绿色。这种绿色不适合透纳的画风啊，棚又想，疑惑地看着明显与周围格格不入的那抹绿色，它简直破坏了整体的协调性。巡查员开始飞快地对强巴说着什么。强巴点点头。

“据说这一带在几年前，由于暴雨，小河决堤，引起了泥石流，所有的一切都被掩埋了。后来，由于异常的干旱，以前生长的植物都长不出来了。只有一种植物仅在一个地方萌芽生长了，但不知道是什么植物，因此希望千野先生能告诉他们。”

“如果我知道的话。这里看不清，能停车吗？”

在车子停稳前，千野一直注视着那抹绿色。他低语道：“咦？不过，那，好像是……开心果。”强巴也在喃喃说着：“奇加尼。”奇加尼，不是叶子的意思吗？的确叶子是那种绿色，对了，片山曾经告诉过自己“开心果绿”这个词。棚懵懵懂懂地思考着。

就在那电光火石之间！

片山的种种影像如同奔流一般猛然倾泻进棚的脑里，与此同时，伴随着直贯胸膛的痛楚，棚顿悟了一种“启示”，那不同于她的直觉，也不同于对鬼神的感应。那种痛楚，如同用薄纱与现实阻隔开的所有感觉，第一次赤裸裸地暴露出来。她一时无法理解发生了什么，但那种痛楚之强烈令她一刻也无法沉默忍受。她单手扶住头痛欲裂的额头，不由尖声大叫起来：“快，快去！巴巴蕾就在那里。”

纳卡多听了棚的话，立即——如同一直以来、与棚相识后一直以来在等待这个信号一般——打开行驶中的车门，跳下车，向那树丛跑去。跑到以后，开始徒手挖开树底的泥土。士兵们在强巴的要求下，拿来铁锹，加入了挖掘的行列。

众人屏息静候。不久，在树根处看到了人骨。

根据千野和依迪丽的记忆，从遗体情况来推测，“当时的情况”应该如下。

依迪丽和巴巴蕾她们的游击队，为了抢夺粮食，袭击了千野事务所所在的村庄。当时，事务所也遭到袭击，保存着开心果的麻袋被洗劫一空。数日后，巴巴蕾三人在逃离游击队时，带上了不需要烹调的开心果，作为粮食。不久，游击队得知了她们的逃亡，巴巴蕾她们拼命逃跑，但还是被捕，遭到了枪杀。当时政府军队已经逼近了，游击队无暇检查尸体，就此逃跑了。不久，泥石流把开心果和遗体一起掩埋起来，随着气候变化，开心果萌芽的条件成熟了……

突然出现在眼前的绿色树林，如同巴巴蕾她们在举手示意：我们在这里。纳卡多深深地拥抱着开心果树，好似化为一体了。那卡依马树的故事，是在这样的现实中，渐渐神化的吗？

后来，棚如此记录下来。掩埋的遗骨与树根盘根错节，互相缠绕，士兵们屡次试图切断开心果树，纳卡多都阻止了。

最终，只取出了三人的头盖骨。头盖骨看似相同，但纳卡多却毫不犹豫地找出了巴巴蕾。

二十一

终于要离开波特尔堡了，纳卡多数次紧紧拥抱棚道谢。棚对于她的道谢，心情复杂，低声说："很高兴能认识你。"纳卡多似乎无法马上离开巴巴蕾的长眠之地，决定一边在千野的事务所帮忙，一边帮助依迪丽照料孩子。

"怎么说呢，我觉得这件事启发我可以再次尝试栽培开心果。一想到这是由于巴巴蕾和异常的干旱气候，我的心情很复杂。它的果实营养价值和市场价值都很高，未来的前景值得期待。"

千野临别之际的话，虽然充满内心的挣扎，却能令人感到他特有的理性和乐观的现实主义精神。棚说："我会告诉登美子，千野的工作很有意义。"千野不好意思地笑笑。

回程的车里，三原对一连串的事件进行总结，轻轻说道："人的死亡，如同字面一般，也结果了。"

棚不由得紧锁眉头。人的死亡？是指巴巴蕾的死？还是片山海里的死？那种生理上的不快感挥之不去。不过，三原的话也是事实。但总觉得他的总结方法不对。棚觉得，他没有忠实地阐述发生的事实。可是，要说“忠实地阐述发生的事实”又是什么意思呢？

片山海里所说的死者的“故事”，不正是如此吗？直观地阐述现实世界的生活，谁度过了怎样的人生，并不重要。故事才是真相。只有死者可以赞同的故事才一定是真相。只有拥有深度的故事，可以容纳人生里各种风吹雨打的故事才是真相。

“不过这样的故事究竟可能吗？片山海里虽然是创作故事的人，但同时自己也活在故事里了吧。把一半的自己沉浸到了故事中。”

归途虽然是同样的路，却与来时的景致全然不同。棚眺望窗外，心中这么下了结论。

“那树叶光润得瘆人，也许还是因为长在了尸体上吧。”三原似乎对此深有感触，把棚送到恩德培机场大厅后，又感慨地谈起了这个话题。棚不想破坏心中的好印象，不愿意无礼地对待他，因此转变了话题：“终于解决了片山第一个客户的问题。真没想到结果会是这样。”

“啊！是啊！”三原漫不经心地回答，然后，好像忽然想到了什么，“你知道吗？海里是被遗弃的。”

“啊？”棚重新注视三原追问。

“他自己这么说的。很淡然的样子。被遗弃时，随身的物品里有一个中国的护身符。所以，也许他其实是中国人。好像他自己那么相信。不过，同样是弃儿，身上带着护身符的相较而言也算是幸运吧。”

那么，纳卡多最初遇见片山，觉得他是中国人，也许并没有猜错吧。棚想着。

“有一次他说，如果抛开自己是弃儿这个前提，就不能思考问题。他说他的养母是一个好人，把他当做神童看待，所以不能背叛养母。不过，为什么我现在跟你说这个呢？我觉得还是告诉你为好。我也被控制住了吧。”

“被什么控制住了？”

在棚的追问下，三原抬起下颚，神情怃然，略带苦涩地回答：“当然是镇那久了。”

“是吗。”棚低语一声。以这种方式说出来，也许是三原的“保护措施”。“保护措施”也因人而异啊。

广播里开始播放飞机到达的消息，机场工作人员也开始忙碌起来。棚怔怔地看着这一切："对了，人真是不可思议。在他活着的时候，我几乎已经忘记了他，但在他死后却开始了一段关系。"

"你是说海里？"

"嗯。我只跟你一个人说吧。我觉得他死了以后才作为一个'完整的'人，使我可以接触到他的所有。跟他活着的时候相比，死了以后才开始了'什么'。一定是在不同的层面开始了'交往'吧。用你的话来说，就是可以'细细品味'。"

三原如同初次见到棚似的，直直地盯着她："你果然厉害。我死以后，你也能这样'品味'我吗？"

棚考虑片刻，慎重地回答："……如果你是郑重拜托我的话。"

"嗯……"三原将视线转移到玻璃墙外，"我找到一个期待死亡的理由了。"

"那就好。"

"我还没有拜托你呢。"

"那也好。"

工作尚未结束。在迪拜转机后，还需飞行十二小时才能抵达日本。

开心果——为了死者的安眠

夜间的降雨渗入地面，地面吸饱水后，便向河流汇聚。河流涨满了水，河水满溢涌向河边树林。到了早上，水流裹挟着河边的灌木丛翻滚咆哮而去。

开心果用望远镜观察着灌木丛被冲走的情形。那里应该有河鸦的鸟巢。然后岸边应该有翠鸟的巢穴。鸟儿们是否成功避难了呢？想到可能性不大，开心果不由得叹气。即便如此，也必须这样做。开心果走到楼下，穿上雨衣。

“现在不是顾着鸟儿的时候啊，开心果。我们的房子也可能会被冲走。你整理一下自己的行李吧。”遗失物管理员的母亲在楼梯平台上发话了，声音从来没有如此地紧迫。开心果听了，犹豫了一瞬，随即回答：“不是顾着鸟儿的时候，也不是顾着我们自己的时候。”他向着在无休无止的大雨中一片滂沱的外界，打开了大门。“呼……”一阵强风袭来，开心果的雨衣鼓起来。开心果心里清楚这次洪水会引起附近山上的泥石流，同时也明白自己该做什么。

当然大家都知道开心果这个名字不是真名，但谁都不记得他的真名。恐怕他本人也把真名藏在记忆的高阁，甚至压根儿忘了把真名束之高阁这件事。开心果被叫作“开心果”时，当然会回应。他也自称“开心果”，需要签名时也写开心果。

十几年前，在市里的石铺广场上，周五的集市结束后，次日周六的早晨，清洁工发现广场中央有一个哭泣的婴儿。如果发现明显不是垃圾、有价值的东西，需要交到遗失物管理处。如同一贯被要求的一样，清洁工把婴儿交到了遗失物管理处。其实，“不是垃圾、有价值的东西”被清洁工上交到遗失物管理处，那是第一次。也许是清洁工考虑到，婴儿跟贵金属不同，不能拿到当铺去，所以死心了吧。街坊间各种传言纷起。是每次来市里的焊锅匠在乘坐带篷马车离开时留下了婴儿吧（“证据是那帮人从此再也没来过。”），是正巧那天早上，在郊外的十字路口倒下的朝圣香客所带的孩子吧（“焊锅匠只会掳走婴儿，怎么会做留下婴儿这种浪费的事呢。是香客意识到自己死期已近，所以把孩子留在了人多眼杂的地方吧。”），最近抓捕到的土匪老婆走投无路便留下了孩子（“希望孩子能被好好地养大。不过哪里有带着孩子的香客呢？”），等等。然而，失主当天没有现身，只好姑且把婴儿寄放在遗失物管理处。

遗失物管理处的负责人还未婚，跟母亲一起居住。母亲在前晚梦见天上的星星坠落在自己家，因此从早开始期待这天会发生什么。于是，这天儿子工作回来，把陌生的婴儿交到自己手中，那个瞬间，她领悟到：啊！是这么回事啊。这个婴儿，照顾这个婴儿的任务，一定是上天通过儿子交给自己的。于是，她给这个孩子取了个跟大天使有关的名字，以便它在这种场合发挥作用。如同在名字上标上记号。这样的话，每当被叫到名字，孩子和自己都会越发认识到自己的神圣任务了。

可是，数日后，遗失物管理员的叔叔来访，看到包裹在咖啡色油纸与浅绿色毛毯里的婴儿，不由得说道：“这个小小的开心果到底是从哪里冒出来的？”那一刻，婴儿的名字就成了“开心果”。其实，婴儿的头型跟开心果的形状一模一样。遗失物管理员愉快地大笑起来，连声叫道：“开心果，开心果。”当初厌恶这个名字的母亲，最终却叫得最多。每次说出口后，简直想叫出来：“不对！”但始终无法抗拒那种完美契合的感觉。此后，在向别人介绍他的时候，一定最先介绍他的本名，然后无可奈何地补充说道："一般称为开心果。"然而，听到这个名字的人都立即眼睛一亮，必定高兴地称呼："原来如此！开心果！"到了开心果蹒跚学步的时候，遗失物管理员一家并不庞大的交际圈子内，已经无人可以"初次介绍"了。因此，渐渐地，人们也不再提起"他的真名"，到了开心果懂事的时候，大家都已然忘却了这个名字。

开心果很晚才开口说话。最初说的话是："堪堪德路里。"遗失物管理员的母亲无法猜测出是什么意思，于是去拜访住在郊外的一个冥想家。她相信：虽然是"上天赐予的"婴儿，她照料他吃喝拉撒，但自己的理解能力还是远远无法企及。实际上，开心果身上有一种类似神圣的气场。也许是遗失物管理员的母亲把他当做圣灵养育的结果吧。

冥想家紧闭双眼，猜测"堪堪德路里"的意思，然后睁眼说："请一周后再来。"他预测这句话需要一周的冥想来解读吧。人们委托他解读的话语中，这算比较短的句子了。冥想家带着受人委托的几句话语进入了冥想。

一周后，遗失物管理员的母亲再次来到冥想家处，消瘦的冥想家一脸憔悴地出来说："抱歉，是我预测错了，看来这需要很久时间。”他说等他弄明白了，自己会去告诉他们，现在暂且请等着。

那么，开心果算是说了第一句话，但他似乎毫无神性，而且有件事十分奇怪：他回应遗失物管理员母亲的话，但不回应遗失物管理员的话。开心果听不懂遗失物管理员的话，听起来像是青蛙叫一样。而且，不仅仅是遗失物管理员说的话，还听不懂“某个特定人物”的话，不会区别男女之别、年龄之别、职业之别、面相是否可怕、人种之别、声音强弱等。如果能区分这些，还有据可循。遗失物管理员的母亲试图找出原因，但最终还是束手无策。对于开心果来说，有的人的话能听懂，有的人的话无法听懂。而且，这无法预测。遗失物管理员的母亲担忧：这点会让他将来的生活非常不方便吧。她觉得所有的一切都取决于冥想家如何解读“堪堪德路里”了。

遗失物管理员的母亲有一个好友，名叫佩纳西。开心果也听不懂佩纳西的话，但佩纳西很疼爱他，开心果也很亲近佩纳西。开心果已经十三岁了。佩纳西劝说遗失物管理员的母亲把开心果带到巫师那里去。佩纳西考虑到：为了开心果在将来保有他的神圣性（用佩纳西的话来说是：“不同常人的钝感”），同时生存下去，从佩纳西狭小的“世界”来看，开心果成为巫师的弟子就好了。即便不成为弟子，巫师也会对半聋一般的开心果的将来提出建议吧。

巫师具有实用价值，可以帮助寻找遗失物。佩纳西居住在半山腰的村落一角，五年前她丢失了珍贵的戒指。那是她丈夫从结婚开始一直戴到死的戒指，根据丈夫死时留下的遗言，佩纳西一直戴在食指上。即便如此，也很宽松，她想是在做家务时掉落在某处了吧，以后会找到的。但某一天，她忽然挂念起戒指的事了。因为梦见了死去的丈夫。不过只是梦见丈夫，在梦中他没有提到戒指的事，当然也没有告诉她戒指去了哪里（佩纳西向遗失物管理员的母亲感叹道：他总是默默无语，却能让人做事，真是像极了他的作风）。不过她想到，死后去见丈夫时，无法交代戒指的事，一定会给死后两人的关系带来负面作用。佩纳西很爱丈夫，但从他的性格考虑，一定会借题发挥地大肆责备她。她已经厌烦了。无论如何，在自己死前一定要知道戒指的准确所在，即便是在自己无法触及的地方。因此，她拜访了巫师。

巫师在佩纳西年轻时就认识她。他聊着无关紧要的家长里短，把煮开的茶水倒入铺着棉布的大大茶漏里，从当时掉落在棉布里的茶叶形状来推测。这是这个巫师的占卜方式。

“在大门口。”

巫师注视茶叶片刻后，肃穆地低语。佩纳西道谢后，匆匆忙忙回家去。

从道路到佩纳西家门口的地面铺着小石子。门口前有砖头砌成的台阶。从小石子路到台阶的缝隙处，戒指竟然跟细碎枯叶一起嵌在里面，估计是佩纳西双手拿着行李，急急忙忙开门时，不觉中掉落的吧。丈夫的戒指，原本就尺寸偏大。找到戒指时，佩纳西不由得把戒指紧紧夹在双手间，轻吻了一下。

像这样，她去巫师那里，请求他找寻日常的失物或寻觅的东西。佩纳西的建议是十分合情合理的。于是，遗失物管理员的母亲劝说开心果：“怎么样？去一下巫师那里吧？”开心果觉得这个建议不靠谱。因为他既觉得自己的不便不是巫师能解决的，又觉得两个女人的热情令他感到负担。“不去。”开心果冷淡地拒绝了。遗失物管理员的母亲感到伤心。以前开心果对自己的话言听计从，从来不会违抗。她对下班回家的遗失物管理员抱怨了这件事，遗失物管理员回答：“他长大了。”开心果依旧不懂遗失物管理员的话，遗失物管理员也不懂开心果的话，但尽管语言不通，爱使得双方心意相通。

“别忘了他是遗失物啊。”遗失物管理员提醒母亲。自己是遗失物管理员，这个孩子是遗失物。遗失物管理员在过去这十三年间曾多次提到，来提醒母亲注意。既然是遗失物，就一定有失主。无论他是不是故意丢失的。也许今天就会有人声称自己是失主。这时，就必须把开心果归还给他。如果对他的感情太深，到时一定会非常难过。女人大抵都这样，遗失物管理员的母亲也只考虑眼前的现实。有必要这么担心不知道会不会发生的将来的事吗？难道现在需要担心的事情还不够多吗？她嘴上说：“知道了。”但实际上做梦也没想到会出现这样的“人”。

遗失物管理员其实也是锁店老板。原本世代经营锁店，某一天锁的销量忽然急剧下降。锁店老板判断，这个并不大的城市里锁的需求已经饱和了，今后也会有旧锁换新，但估计为数不多，于是，果断地去市政府，觅得遗失物管理员这个职位。像这样，遗失物管理员合理地预测未来，采取行动。“让他继承锁店吧。”遗失物管理员说道。母亲迅速瞥了一眼遗失物管理员，沉默着离开了。

开心果的确不懂人话，但却能听到树木的话语。在一片树林中，一定有一棵树会说话。家附近的树林中，也有这样一棵树。有一天，那个被桎梏的树精低语道：“你会像我一样。”此后，再也不说话了。开心果不知道树精只是沉默不语，还是已经不在那儿了。不过，树精的话却在开心果的脑海中回荡。树曾经是人，这样的事可能吗？

开兴果能听到的，不只是树木的声音。

周五的集市开始了，广场上一周一次的喧嚣又回来了。流浪艺人们演奏的音乐断断续续地飘进开心果的家里。这时，开心果的耳朵不经意间捕捉到了轻微的旋律，不是乐曲，也不是咒语。每次注意到，开心果都会情不自禁地想哭。是谁在演奏，还是在喃喃自语，全然无法分辨。每次来的流浪艺人几乎都不同。因此，也许不是人在演奏。杂糅在喧嚣中的旋律，那个旋律紧紧束缚住了开心果。从懂事开始，每当开心果听到广场的喧嚣声，总会突然停止动作，全身紧张。遗失物管理员的母亲忙于家务，没有发现。遗失物管理员外出工作，也不知道。当发现除了自己以外，别人不会这样，开心果觉得自己身上有种特别的东西跟这种旋律具有千丝万缕的关系。开心果祈祷自己可以从中解放出来，也想解放自己的抑郁与母亲的偏执。希望自己认识的所有人和事物都能自由自在地存在。

这是开心果仅有的愿望的全部。为此，首先自己必须好好理解人们的话。他的听力没有问题，所以应该是心情问题。开心果开始觉得自己需要修行。

不过，这是巫师的能力所及吗？开心果不觉得。可是，遗失物管理员的母亲不依不饶，只要一见面就提起这事。有一天，开心果再次拒绝后，母亲伏倒在厨房餐桌上一动不动了。开心果再次领教了母亲强硬的性格，一旦认定了一件事，别的事都干不了。开心果终于屈服了，只要去巫师那里她就满意的话，那就这样做吧。一脸憔悴的遗失物管理员母亲并没有想象中的狂喜。她只是满意地叹了口气。这几天她竭尽全力，已经没有力气狂喜了。

开心果被遗失物管理员的母亲带到了巫师那里。巫师倒并非不可靠。他神色如常地接待了开心果。遗失物管理员的母亲预测巫师见到开心果的瞬间，会一眼看透他非同寻常的气质，而神情大变。因此她反而有些沮丧。巫师请两人坐下，像对佩纳西做的一样，沏茶后观察茶叶。就在此时，巫师神情大变。他呐呐低语："鸟。"听了这话，遗失物管理员的母亲睁大了眼睛。

鸟，对于城里人来说，是跨越边界而来的东西。人们认为那是冥界的东西，在人世间出现时，化作鸟的形态而来。这究竟是人的灵魂呢，还是完全不同的东西呢？如果是人的灵魂，是人死了后变成鸟了呢，还是灵魂附在鸟身上了呢？又或者是鸟在搬运灵魂？这一点并不清楚。但人们都知道灵魂和鸟处于密不可分的关系。人死后，附近出现鸟，然后飞走。有的鸟每年在一定季节回来，有的鸟就此在这里住下。

“鸟。”巫师说完后沉默不语。遗失物管理员的母亲无可奈何地带着开心果回去了。

“你会成为控鸟人吗？”遗失物管理员的母亲在归途中，忽然想到一个念头，既小心又坦率地向开心果问道。

控鸟人住在位于佩拉尔山脉的希希南山的山脚。鸟儿飞越佩拉尔山脉而来。据说控鸟人有控制鸟类、左右气象的力量，因此被人们惧怕。不是跟世间的人打交道，好像更接近冥界。但如果没有控鸟人，鸟儿就会变得无法控制。鸟儿无法控制就意味着冥界的各种怪物都会四处游荡了。对于人来说，那是最恐怖的事。于是，人们约定俗成地轮流交替，定期给控鸟人运来食物，协助他顺利进行工作。成为控鸟人的人，必定是被抛弃的孩子。无名性这一点十分重要。要说弃子的资格，无人可及开心果吧。

其实，一想到开心果的未来，控鸟人这一“职业”曾不止一次地浮现在遗失物管理员母亲的脑中。不过最好是作为最后的打算。控鸟人必须在希希南山度过一生。从婴儿时期养育长大的开心果会就此无法与她见面，这令她难过。但是，既然巫师的棉布里出现了“鸟”，这就是命中注定。她心中暗下决心。

此时的开心果对控鸟人并不了解，因为跟他的生活没有直接关系（其实却是有紧密的关系）。他重新从遗失物管理员母亲那里了解了控鸟人的工作——当然只是母亲所知范围内的——然后也听了她对这个职业的意见：这个工作对社会是有用的，当然，需要进行修行。

那个瞬间，开心果觉得自己所考虑的“修行”第一次跟现实关联了起来。为了成为“控鸟人”的修行！巫师也从中起到了一定作用。最终佩纳西与遗失物管理员母亲的直觉是正确的。开心果决定去“控鸟人”处进行修行。

当时的控鸟人是一位名叫“派帕”的男子。派帕的亲生父亲是居住在佩拉尔山脉的侏儒，身高只有普通人的一半。不过肩膀和胸背厚实，没有脖子，如同把一个人从上面压扁了一般。他易于被贪念支配，始终为此盘算，因此性格跟他的体型相符，如同桦木一般疙疙瘩瘩、扭扭曲曲。他爱上了地主家体弱多病、肤色白皙的女儿。他偷偷潜入地主家，掳走了女孩做妻子。这个女孩本来就孱弱无力，面对侏儒的歹毒，不久就无法用双脚行走，也无法说话了。她生下派帕后就死了。小婴儿派帕酷似母亲，肤色白皙、细细瘦瘦。侏儒把他放在了地主家门口。

于是，派帕就成了弃子，具有了成为控鸟人的资格。作为被掳走的女儿的遗孤（只要看一眼与母亲长得一模一样的派帕，就毫无疑问），派帕在地主家被宠爱着养大。也许侏儒反社会的性格对他造成了影响，也或许没有影响，他最终选择了成为“控鸟人”的道路。

侏儒有时会去希希南山“控鸟人”所住的小木屋，偷偷窥视派帕后回去。从侏儒所住的小木屋去那里需要翻过两座山头，花费半天时间。派帕觉察到了，但不为所动，也因为他作为学徒忙于修行。派帕一生中对侏儒——即他自己的出生绝口不提（也非常有可能，地主家亲戚和用人，悄悄告诉了派帕——被使命感驱动，或是单纯出于个人的快感——但究竟如何，不得而知），因此无人知道派帕对此的想法。

如此，侏儒独自在小木屋中孤寂地去世了。很少有人知道小木屋的存在，因此遗体伴随着小木屋一起腐朽了。派帕发现自己身边出现了一头肥壮的蜡嘴雀。蜡嘴雀是一种容貌可憎的鸟。不久，派帕的师傅——上代的“控鸟人”也去世了。派帕作为控鸟人最初的工作是，让蜡嘴雀飞过佩拉尔山脉。这项工作辛苦异常——因为蜡嘴雀对派帕纠缠不休。最终，派帕成功了。然后，遮天蔽日而来的一大群白头翁、连婴儿都能叼走的凶鹫，也在他的感应下飞走了。

如此数十年过去了，派帕开始考虑自己的身后事了。不能让控鸟人的工作产生空缺，需要有人接班。恰巧这个时候，开心果来到派帕处，央求他收自己为徒。派帕没有直接回答，要求初次见面的开心果绕到小屋后，把柴薪砍好。因为他长期独自居住，不擅长跟除了鸟以外的人说话。“不过，以后会越来越好的吧。”派帕目送着在他的指令下去劈柴的开心果的背影，心中想道。然后，他站起身来，来到通往控鸟人小木屋的小路上，那里有个放供品的小小神龛，他在餐盒里放了一张纸——“明天开始需要两人份的食物”。庆幸的是，开心果能听懂派帕的话。开心果终于开始了控鸟人学徒的生活。

派帕告诉开心果：不同种类的鸟，神态和性格也不同，如果想了解鸟类，必须先观察。这样就能走近鸟的心灵。开心果遵从教诲，观察鸟类，也观察控鸟人的工作。

比如一群喜鹊在城中逗留数日不离开，人们的心情渐渐颓废，变得凶恶。控鸟人需要在此之前，将鸟群移到郊外，分散到合适的地方。喜鹊可以令人兴奋，因此可以分配到生命力涣散的村庄。天鹅群可以令人心情舒缓，同时降低劳动欲。在不造成危害的期间内让它们留在城中，到时候了就让它们离开。派帕经常站立在观鸟台上，注视着鸟群的动向。

然后，派帕让他找出鸟的真实名字。每只鸟都有一个隐性的真名——这不是像“鸫鸟”那样群体的名字，而是个体的名字——只要破解了个体的名字，鸟和控鸟人之间就会产生一种无形的控线一般的关系。如此一来，就好像在鸟的脖子上套上了操纵的控线。试图移动整个群体的时候，只要超越群体的名字，心中默念每只鸟的名字。

派帕的话虽然比以前多了，但光靠这样的说明，究竟如何找出一只又一只鸟的名字呢？开心果无计可施了。

有一天，开心果遇到了一只金翅雀。金翅雀一般结伴而行，或者形成小群活动。可是，这只鸟却孤零零地站在控鸟人家院子的梧桐树上。在四目相投的瞬间，开心果知道了它的真名叫佩纳西。遗失物管理员母亲的朋友佩纳西在开心果离家后不久就去世了。不可思议的是，在佩纳西生前，开心果全然不懂她的话，现在却能听懂化身为鸟的佩纳西的话。佩纳西鸟最初没有觉察到自己是佩纳西，在听了开心果的话之后，佩纳西的本性觉醒了。她为现在的开心果感到高兴，她精神振奋地说，为了找寻丈夫，打算飞越佩拉尔山脉。开心果按照控鸟人的教诲，祈祷她能顺利越过佩拉尔山脉。

他觉得佩纳西正巧是以前的熟人，所以毫无困难就成功了，下次可没有这么顺利了吧。可是，不可思议的是，生前从未谋面的人的名字竟然也能一下子浮现在脑海里。似乎就是从遇到佩纳西鸟开始的。尽管鸟与死者之间如此相似，派帕却依旧不承认鸟就是死者的灵魂。

不论鸟究竟是什么，开心果发现对于自己来说，与现实中的人相比，更容易跟鸟产生共鸣，进行交流。

派帕赞许开心果的能力。在月黑风高的夜晚，派帕在暖炉前对开心果说道：

“人死后化身为鸟，其实是半真半假。本来在一起的灵魂分为两半，人一出生，在鸟的世界也同时孵化了一只小鸟。他们就像双胞胎，两个是一个整体。所谓双胞胎就是如此，互相鸣响，互相共振。原本酷似的双胞胎，性格与想法也相似。人死后，另一半的鸟似乎在背负着故人的灵魂。或许那就是故人本身。”关于这点，自己也不清楚，派帕坦率地承认。

那么，自己也有另一半的鸟吧。开心果茫然地思考着。派帕继续说道：

“以前，最早的控鸟人发现了地面上人类的邪恶程度与空中飞翔的鸟儿的凶恶程度息息相关。通过漫长的岁月，控鸟人学会了控制鸟类的法术，最终给这个小城带来了和平与安宁，甚至令人觉得鸟类自己也希望得到管束。人们纷纷感谢控鸟人。虽然人们畏惧控鸟人，但由衷期望控鸟人的工作能够永远延续下去。如果没有控鸟人，人类世界会不断地向黑暗世界堕落。跟人类相比，你更能跟鸟类心意相通，这说明你具有适合成为控鸟人的天资。”

黑白均等相间的小猫避开斜斜拉长的午后阳光，躲在长椅的阴影里睡午觉。混杂着紫色的白色藏红花如同从土中突然冒出的精灵喇叭一般绽放着。这是郊外高地上的一座花园。冥想家坐在椅子上，似乎在打盹儿，其实是在冥想。

这个小城有一种风俗——对新生儿最初的啼叫进行占卜。如果实在无法理解意思的话，人们习惯不找占卜师，而是找冥想家求助。不仅如此，如果短时间内听到孩子在不同场合偶尔说出同样的话，也引以为奇，向冥想家寻求解释。冥想家、占卜师和控鸟人的区别首先在于：三者之中，冥想家是最不具实用价值的。即便如此，冥想家那里的到访者络绎不绝，说明了不具实用价值的东西却是为人所需的吧。

在这样的生活中，冥想家已经对一句话冥想了近二十年，不清楚这应该称为“冥想”还是“迷途”。“堪堪德路里。”冥想家未曾料到，当初预测一周时间可以解决的这句话，竟然花费了如此之久。

“托盘索啊托鲁。”冥想家闭目低声念道。这是进入开心果的冥想时使用的咒文。

在黑暗中，小小烟花绽放继而消失。每一个都是斗争，每一个都得到了和解。有一个男孩子，穿着质地柔软的小小皮靴，足尖装饰着粗毛线制成的黑色球球。这孩子只吃蜗牛。“为什么？”冥想家在冥想中向男孩发问。孩子无语。冥想到此处，一切跟往常一样。但是，这次男孩转身开始走起来。不久，在一棵树下停下脚步。这棵树上有很多蜗牛。孩子缓缓扭头，指着边上的树说：“堪堪德路里树。”

冥想家缓缓睁开眼睛，然后朝着遗失物管理员的家走去。

一天，开心果遇到了一只漫无目的地走着路的灰斑鸠。

那是遗失物管理员（从遗失物管理员母亲那里得到消息，才知道遗失物管理员去世了）。开心果对灰斑鸠打招呼：“叔叔。”灰斑鸠疑惑地眨巴了几下眼睛，随后立即向开心果走近一步，直直地盯着开心果的双眼，对他的心灵倾诉起来。“好想你，开心果。不过，现在没有时间闲聊往事。有些事我必须告诉你。你的‘失主’出现了。身披黑色斗篷，如同黑影一般的男人。他用低沉嘶哑的嗓音说：‘十五年前，在那个广场是不是遗留下了一个婴儿？’一瞬间，我感到毛骨悚然，不由得回答：‘对，是的。不过，婴儿的保管期限是十三年。两年前，他自己离开了保管处。现在不知所终。’‘两年前离开’，这是事实。不过，‘婴儿的保管期限是十三年’，是我情急之下编造的规定。‘现在不知所终’，是我骗了他，我知道你在哪里。但是，我作为锁匠的直觉——当顾客要求我给锁配钥匙的时候，我的直觉告诉我这把锁是否会被用于为非作歹——告诉我：‘不可以说出你的下落。’男人放弃了，走到门外，外面传来大鸟拍打翅膀的声音。我急忙出门一看，从未见过的大乌鸦向着西方飞去了。”

遗失物管理员感慨地说：“没想到可以跟你这样交谈。死也值得了。”

“叔叔，谢谢你灵机一动，救了我。”

锁匠和遗失物管理员灰斑鸠充满慈爱地注视着开心果。“不管怎样，直觉是很重要的。我母亲却仅凭着直觉生活。”这么说完，两人不由得一笑。

遗失物管理员的直觉最终也许是对的。但当时似乎完全猜错了。首先，黑斗篷的大乌鸦没有“为非作歹”。至少没有参与遗失物管理员想象的那种“为非作歹”。而且，即便遗失物管理员没有说，黑斗篷的大乌鸦也已经推断出了开心果的下落。大乌鸦甚至知道开心果离开遗失物管理员那里去了控鸟人的地方。但至于具体“什么时候”去的，他就不知道了。

遗失物管理员灰斑鸠飞越山脉后不久，城里开始流行起奇怪的瘟疫。最初从耳朵后开始长出一个个湿疹，不久蔓延到全身，湿疹形成化脓的块状，病人眼不能见，口不能言，最终无法呼吸而死亡。

人们不安地回忆起来，这时开始流传起一种传言：得了这种瘟疫的人是因为吃了鸟。在这个小城，吃鸟是最被忌讳的事。吃鸟就如同吃自己父母的肉一般，也许甚至更过分。连谈论这样的事，都是平常无法想象的。不过，这个传言似乎不虚。市政府必须重新制定条例，禁止人们吃鸟。因为这今为止完全没有料想到居然有人会触犯禁忌，即便有人触犯禁忌，如果本人无所忌惮，就无法依据法律进行制裁。但是，如果这会引起危及生命的疾病的话，那又是另外一回事了。

鸟的的确确是不可品味的禁果。最初品尝的人会忍不住拖人下水。“其实也就是一般的肉吧，而且非常美味啊。”起初踌躇不决的人们被花言巧语诱骗，而且反社会性这一点也令这些人感到魅力无穷，于是他们的队伍逐渐壮大，静静地开始流行起来。

大街小巷暗暗地流传着关于他们的传言。但大部分人都是半信半疑，有的人不相信，有的人觉得是跟自己无关的遥远世界的事，不以为意。

但这一切都是事实，而且这些人的存在终于被完全暴露出来了。

“吃鸟，就是自己接近鸟类。”甚至出现了病人这么说着，展示自己的鸟肉哲学。也开始流传种种传言：吃过一次鸟肉，就如同毒品一般被俘虏了，不吃鸟肉就无法活下去；跟这种病的病人交谈或接触就会传播疾病。

病人们在忍受身体的病痛外，还受到了道德上的谴责。在肉体死亡之前，社会上的身份已经被埋葬了。

这种病加速了整个社会的衰竭。开心果十分牵挂没有得到适当治疗的病人。他不觉得他们伦理上有罪。无论是有意识的还是无意识的，他们是想接近鸟类。反而是他们的这种迫切期望令开心果心有戚戚。

派帕说：鸟类的灵魂在衰竭。照此下去，人类就会成为毫无力气的行尸走肉。为了治疗瘟疫，控鸟人要用自身力量给社会注入活力。因此，自己必须翻越佩拉尔山脉。派帕这么说的时候，开心果的心里第一次产生了小小的疑问。那究竟是正确的吗？是唯一的办法了吗？

“我作为控鸟人不是完美的啊。”

也许从开心果的表情里读出了什么，派帕脸上一瞬间浮现出父亲侏儒一般的复杂笑容。

“我抑制不住自己的念头。所以别无他法。”

开心果无话可说了。完美的控鸟人究竟是什么样的？次晨，派帕坐在露台的椅子上死去了，如同睡着了一般。一群蜡嘴雀在他的周围带着奇特的表情四处走动着。

蜡嘴雀离开后，大乌鸦来到开心果那里。一只大乌鸦停在院子里的冷杉树上，开始鸣叫。听到鸣叫声，正在砍柴的开心果停下了手中的活。乌鸦大抵都擅长模仿，这只乌鸦尤其如此，以演奏乐器或念起咒语一般的旋律在鸣叫。开心果知道那旋律是从那广场的喧嚣声中流淌出的旋律，每次听到都会让自己全身紧张。他急忙走到院子里，去确认声音来源，才知道那如同蛇一般纠缠不休的熟悉旋律其实发自这只鸟，而且也知道，这只鸟就是遗失物管理员所说的大乌鸦，跟自己紧紧相关的、无论如何挣扎也无法逃避的“鸟”。

开心果问大乌鸦：“你是我的双胞胎鸟吗？”

“不，你没有双胞胎鸟。”

听到大乌鸦的回答的瞬间，开心果确信自己果然是那样不完整的、有缺陷的。他想哭，同时也感悟到了：果然是这样。但是，大乌鸦如同看穿了开心果的想法，继续说：“你不需要双胞胎鸟。”“你究竟是谁？”大乌鸦自称是最初的控鸟人。“那么是你想出了控制鸟类的法术吧。”“对！看到世间乱象，觉得那是当时最好的办法。但是，真正最好的办法在于鸟类自身的觉醒。鸟能获得更高的灵性。今后的控鸟人不是控制鸟类，而是必须引导鸟类的灵性，令鸟类能随心所欲却不造成问题。只要每只鸟知道自己的力量，然后个体形成群体，不造成问题的话，世间各种力量也能保持平衡，运转如常。鸟类飞翔的天空和人类生活的地面能和谐共处。控鸟人必须解开束缚、解放它们。人与鸟在更高的次元相结合，人应该站在飞翔天空的鸟类灵魂的立场上来看一切。”大乌鸦这么说。鸟类可以随心所欲自由自在地飞翔在天空。开心果感动了。

因此，有人想要跟鸟合为一体，或者吃鸟，可以说是自然而然的。不管他们是否意识到这一点。

大乌鸦的话令开心果惊讶，但内心深处十分赞同。

“地面会被重建。如同血液流淌一般，水在流淌。如同血液循环改变体质一般，水在循环过程中引起洪水，风在循环过程中造成旋涡，目的是重建新大地。如同细胞更替一般，旧事物消亡。变化之初，新细胞诞生后又消亡。知道这个秘密的人，必须自觉地归于黄土。于是，新大地诞生了。你就是这样的新细胞之一。你是最后的控鸟人。无论什么时代，控鸟人都和病痛同在。因为，病痛者才会牵引世界前行。你明天必须吃这棵树上长出的东西。”

大乌鸦言毕就飞走了。

不过，它好像天明前回来了。次晨，开心果发现大乌鸦倒挂在冷杉树上死去了。

开心果幼年时，还在遗失物管理员家里，站到后山上就能看到佩拉尔山脉。山脊的棱线上常常有积雪，即便盛夏，那里的白线也不会完全消失。有时，夕阳完全沉落后，周围呈现深蓝灰色，只有白线虚无地浮在空中。也许是几个气象上的巧合重叠在一起而造成的吧，开心果每当看到那幅景象，心中不由得感到虔诚。那是类似焦躁的感觉。似乎被击中一般坐立不安，不知如何是好。幼年时毫无办法，只好抽抽搭搭地哭泣。于是，遗失物管理员母亲把他放到膝盖上抱着。这种时候，遗失物管理员母亲的存在的确是令人感激的。

开心果知道自己也染上了瘟疫。

开心果下了希希南山，离开了佩拉尔山脉。天空中的黑云渐渐扩散开了。开心果用了半天时间回到了遗失物管理员家，一打开门，天开始下雨。“啊呀，这不是开心果吗?”遗失物管理员的母亲惊愕地以为是在做梦，跑到他身边，抚摸他的手腕。“真是你啊！怎么了？啊呀，外面下大雨了。”开心果知道这场大雨原因是自己离开了希希南山。虽然人们不知道法术的详情，但控鸟人能操纵天气是千真万确的。控鸟人需要一生在希希南山度过，是因为他调整云朵，一天都不能懈怠。可是，这一切都结束了。

开心果在桌边坐下，一边喝着遗失物管理员母亲泡的茶，一边说起遗失物管理员顺利翻越了佩拉尔山脉，也提到了那时跟自己促膝长谈的事。“是吗，你们也终于可以交谈了啊。”遗失物管理员母亲轻轻擦去眼泪。“啊，冥想家来过了。留下了你最初说出的话。他说一棵树会涌出大量蜗牛，‘堪堪德路里’是这棵树的名字。真是令人费解。花了将近二十年时间，却不知所云。”开心果闭着眼，听到这句话。“不，我懂，洪水马上要来了。不过，这一棵树会加入其他树的行列，吸取水分。”遗失物管理员母亲不安地注视着开心果。其实冥想家还说：“那棵树就是开心果生命的终止之地。”不过那样的话太不吉利，对他本人实在说不出口。遗失物管理员母亲起身，走向厨房，想给他做一些喜欢的菜。这时，她看到开心果耳后有湿疹，不由得闭眼，叹了口气。“我就知道会这样。从你当初来我家时就知道。”说完，她如同触摸圣物一般，轻轻把手放在湿疹上，闭上双眼。开心果哭泣起来。“这雨会停的。”遗失物管理员母亲边说边抚摸着开心果的后背。

可是，雨没有停。虽然开心果早已经知道，但即将发生的事仍然令他痛苦。他叮嘱母亲，自己离开以后，把雨具和家里所有粮食都搬到有天窗的屋顶阁楼，然后待在那里。如果水涨到阁楼的话，就从天窗爬到屋顶，在那里等待救援。

说完，开心果出门了，再也没有回来。遗失物管理员母亲按照他的嘱咐，在阁楼过了三天，第四天看到水涨到楼梯上来，就从天窗爬到外面，撑着伞等待救援。不久，一条小船开过来，载上遗失物管理员母亲，去山里避难。

七天后，雨停了。整个小城成了湖泊，好像再也无法恢复原状了。十天后，飞来一群从未见过的鸟儿，浮在湖上休息了一阵子。于是，水眼看着渐渐退下，干涸的水底出现了类似田螺的蜗牛。鸟儿们疯狂地吃着蜗牛，然后又飞走了。之后，人们传说：那是控鸟人最后的工作吧。似乎跟洪水一起，瘟疫也被冲走了。

遗失物管理员母亲回到以前的家，开始整理。她打开窗，注意到能眺望佩拉尔山脉的后山上，长出了一棵新树。

遗失物管理员母亲发现那棵树的姿态跟以前开心果站在那里时保持的姿势一样。那就是“堪堪德路里之树”吧。堪堪德路里母亲的直觉告诉她。她是一个直觉敏锐的人。虽然谁都不知道究竟是怎么一回事，开心果渺小的生命终究不是毫无意义的。遗失物管理员母亲的直觉告诉她，毫无疑问，开心果成就了一项“神圣的工作”。

开心果，你在这个世上所做的，是人们在这世上所做的事中最伟大的。你的生命将顺利地轮回下去。

遗失物管理员母亲抚摸着开心果树喃喃自语。犀鸟飞来，停在树枝上，衔上果实，歪着头飞走了。它的背影最终消失在一片绿色中。松鸦（乌鸦的一种）记住了遗失物管理员母亲每日重复的话语，在她死后也反复低声呜唱。那话语如同旋律，乘风而去，消失在广场的喧嚣中。

开心果。

开心果。

精彩的一生。

安眠吧。

二十二

一口气写完，不觉天色已微明。如同往常，棚招呼火星外出散步。皎洁的明月高悬天际。清风从树梢间吹到棚的耳畔，低语几句又消失了。